ちくま新書

問い続ける力

石川善樹
Ishikawa Yoshiki

1399

問い続ける力【目次】

第一部と「おわりに」は、雑誌『WIRED』に連載された文章に加筆修正しました。第二部は、Webちくまの連載「考える達人」に加筆修正しました。

構成　斎藤哲也

はじめに　答えを求める「では派」、問いを求める「とは派」

では派　「○○では……」と誇りたがる人たち
とは派　「△△とは何か？」と自問したがる人たち

お恥ずかしい話だが、私は三〇歳をすぎても「では派」だった。答えを外に求め、「世界では……」とか「最新の研究では……」とイイ気になっていた。その対極にいるのが「とは派」だ。自らに「△△とは何か？」と問うことで新たな知識を創り出す。「では派」の人はよく勉強する。なぜならそれが自分のプライドの源泉になるからだ。しかし、どれほど巧妙に「○○では……」と披瀝できたとしても、自分だけは知っている。単に右のものを左に移しただけだと。

その一方で、「とは派」の人は情報に頼らない。むしろ情報が入ることで、自分の思考が邪魔されることを恐れている。とことん納得するまで考えたら、ようやく外の世界に目を向け、彼我の差に目を細めるのだ。

私は、ずっと「とは派」に憧れていた。たとえば尊敬する編集者の加藤貞顕さん（株式会社ピース・オブ・ケイクス代表）。念願の初対面で、編集のコツについてうかがったら次のように切り出してくれた。

「面白いとは何か、ずっと考えているんですよー！」

とてもまぶしく思えた。加藤さんは決して情報に頼らず、自分の直観を頼りに一歩ずつ進んでいく。にもかかわらず私は「最新の研究では、面白いということについて……」としょうもない話を繰り広げてしまった。それに対する加藤さんの反応は「へー」。想定の範囲内だったようで、せっかくの出会いを実りあるものにできなかった。さらに言えば、自分の底の浅さがバレてしまい、心底恥ずかしかった。しかし、のど元過ぎれば熱さを忘れ、すぐに「〇〇では……」といつもの自分が始まってしまう。

「では派」でいるのは楽なのだ。何が楽って、考えなくていい。そんな自分にとって「とは派」の道は苦しみに満ちている。まず、問い続けなければならない。加藤さんは「面白いとは何か？」を問い続けている。飽きっぽい自分は、一体何なら問い続けられるのか？答えを求める「では派」と、問いを求める「とは派」。もちろん、どちらがより優れているとかそういう話ではない。大事なのは、自分がどういう生き方をしたいのかということだ。

そんなある日、理論物理学の分野で若くして名を成した、大親友の北川拓也を訪ねてボストンに飛んだ。成功の秘訣を聞いたら次のように教えてくれた。

「論文を読まないことです。下手に読んでしまうとアレもコレもやられていると、暗澹たる気持ちになります。そうではなく、まずは自分の中で問いを膨らませます。そして解きたくて辛抱たまらんという状態になったら、そこで初めて論文を見るんです。」

この話を聞いて、私は覚悟を決めた。「とは派」になる。そのためにはまず、自分の中にある問いの種を育てなければならない。本書は、こんな私の問いをめぐる旅を記したものである。

第一部

「問い」を問う

「解決策がわからないのではない。問題がわかっていないのだ」
by チェスタトン

ぼくらのグランド・チャレンジ

†ビル・ゲイツからの挑戦とは?!

冗談のような話だが、ビル・ゲイツがこんなことを述べたことがある。

「コンドームの歴史は四〇〇年と長い。でも過去五〇年間、ほとんどイノベーションが起きていない。劇的に気持ちがよくて、誰もが使いたくなるコンドームはないのか?! 開発費用として、一つのアイデアにつき、一〇万ドル出そう!」

この話だけを聞けば、「一体、ビル・ゲイツに何があったのか?!」とびっくりされるかもしれない。しかし、マイクロソフト社の経営から身を引いた後、慈善家に転身したビル・ゲイツの軌跡を振り返ると、納得がいくだろう。改めて説明するまでもないが、ビル・ゲイツは、世界有数の大富豪である。二〇一八年現在、その資産総額は九二〇億ドルにものぼる。私たちには知る由もないが、ひとたび莫大な富を手にすると、「その資産をどうするのか?」という、周囲からの勝手なプレッシャーを受けるらしい。

いつからか、石油王ロックフェラーなど昔の大富豪たちの生きざまを研究するようになったビル・ゲイツは、彼らの生きざまに倣うことにした。すなわち、保有資産のほとんどを慈善活動に捧げることに決めたのだ。一九九四年、ビル・ゲイツ三九歳の時であった。

……と、ここまでの話は、ご存知の方も多いかもしれない。マイクロソフトという会社を興し、成功し、慈善家になったビル・ゲイツ。だが、その後彼が何を考え、世界にどのようなインパクトを与えているのかは、あまり知られていないように思う。

一言で言うと、ビル・ゲイツは、「パブリックヘルス（公衆衛生）」と呼ばれる分野で大活躍している。無料でコピーされてしまうソフトウェアを売るという大胆なアイデアで、マイクロソフト社を成功に導いたビル・ゲイツらしく、慈善家に転じてからも実に多くの革新的取り組みを行っている。その中でも特に私が面白いと思うのは、「グランド・チャレンジ」と呼ばれる試みだ。

†知の大航海時代！　グランド・チャレンジとは何か？

二〇〇三年、ビル・ゲイツは、「大胆なアイデア。求めるのはそれだけである」と高らかに宣言し、「もし解くことができれば、世界の健康課題を劇的に解決する問題（グランド・チャレンジ)」を発表した。言うまでもなく、冒頭の「気持ちのいいコンドームの開発」はその一つであり、エイズをはじめとする性感染症の問題解決を目指している。

グランド・チャレンジの起源は、一九〇〇年八月に遡る。のちに現代数学の父と呼ばれることになるダフィット・ヒルベルトは、パリで開催された国際数学者会議において、「数学における二三の未解決問題」を提示し、二〇世紀の数学の発展を方向づけた。

このヒルベルトの問いかけで、知の大航海時代がはじまった、と言っても過言ではない。実際、多くの研究者が未解決問題に取り組み、数学は学問として大きな発展を遂げることになった。とかく科学は、細分化・複雑化していく傾向があるため、木を見て森を見ずということが起こりがちである。それゆえ、「学問の全体像を捉え、進むべき道を問う」というヒルベルトの精神は、近年数学以外の分野にも多大な影響を与えつつある。

たとえば二〇一〇年四月、ハーバード大学で「社会科学における未解決問題」というイベントが開かれた。社会学、心理学、政治学、歴史学、人類学など、さまざまな学問分野の総体である社会科学は、長い目で見て何を問うべきか、という大胆な提案がなされた。また、三五〇年と長きに渡り世界の科学を支えてきた英国王立協会も、「科学における一〇〇の大いなる問い」を発表している。

さらにグランド・チャレンジは、科学の分野にとどまらない。二〇一三年、アメリカ政府はイノベーション戦略の一つとして、「二一世紀におけるグランド・チャレンジ」を発表している。オバマ前大統領は、同年四月に行われたスピーチの中で、「野心的なグランド・チャレンジに、ぜひ企業、大学、その他の組織に参画してもらいたい」と述べている。

†なぜグランド・チャレンジに注目が集まるのか？

それにしてもなぜ今、これほどグランド・チャレンジに注目が集まっているのだろうか？　その背景を探るには、海賊王ゴールド・ロジャーよろしく「この世のすべてを手に入れた男」であるビル・ゲイツの言葉に注目するといいかもしれない。

二〇〇九年に行われた講演の中で、彼は次のような問題意識を述べている。

「とても重要な問題なのに、市場に任せていたのでは、解決に至らないことがある。そのとき出来る唯一のことは、世界が抱えるグランド・チャレンジを示すことだ。そうすることで、きらめく才能をもった人々を呼び込むことができる」

まさに世界は今、知の大航海時代が始まろうとしている。目先のテクノロジーや成功に目を奪われていると、あっという間に置いて行かれるかもしれないのだ。

問いの本質——演繹と帰納

†センスのいい科学者とは？

科学は「解けるものを解く技術（Art）」と言われる。なぜなら、あたりまえであるが、解けないものは解けないからだ。つまり科学者のセンスとは、「解ける問題の中で何が面白いのか？」をかぎ分けることに他ならない。

たとえば二〇世紀に活躍した天才科学者・アインシュタインは、まだ特許局に勤めていた二八歳の頃、自ら「生涯最高の思いつき」と呼ぶ問いを考えついた。それは、「自由落下する人は重力を感じないのではないか？」というもので、この問いを深く突き詰めたアインシュタインは、かの有名な一般相対性理論を完成させることになる。

このエピソードの興味深い点は、私たち凡人には、アインシュタインの問いの面白さが全くわからない点である。ある意味それは、木からりんごが落ちるのを不思議がったニュートンの気持ちが、私たちには全く想像できないのと似ているかもしれない。

しかし、アインシュタインが「自由落下する人は重力を感じないのではないか?」と不思議がってくれたおかげで一般相対性理論が誕生し、それはカーナビや携帯などに搭載されているGPSに応用され、今や私たちの生活に欠かせない技術として活用されている。ちなみに余談になるが、もし一般相対性理論を使わなければ、GPSは一日あたり一一キロもの誤差が生じるらしい。

ニュートンやアインシュタインのような問いを考えることは難しいかもしれないが、少なくとも他の人が考えたことがない問いに取り組まない限り、あたらしい発明やイノベーションが起こることはありえないだろう。

エッジのきいた問いが重要となるのは、科学の世界だけでなく、ビジネスの世界でも指摘されている。たとえば天才起業家ピーター・ティール(PayPalの共同創業者)は、採用面接の際に必ず次のように尋ねるという。

「賛成する人がほとんどいない、大切な真実は何だろう?」

これに対して、「世の中のほとんどの人はXを信じているが、真実はXの逆である」と答えることができれば正解なのだという。もし仮に、アインシュタインが採用面接に現れたとすれば、一般相対性理論について次のように述べるであろう。

「世の中のほとんどの人は（ニュートンが指摘したように）重力は力だと信じているが、真実は力ではない。重力とは、時空の歪みなのである！」

……とアインシュタインが主張しても、果たしてどれほどピーター・ティールが納得できるか不明であるが（笑）、この「常識を疑う」あるいは「自明だと思える直観を疑う」というテクニックは、科学においてもビジネスにおいても、重要な問いの技法である。なぜなら、常識という大海原を越えた先には、まだ誰も見たことがない、偉大な航路が眠っているかもしれないからだ。実際、多くの偉業は常識を疑い、センスのいい問いを立てることから誕生している。そのような偉業を一つ紹介しよう。

†ブラジルの奇跡

一九八一年、アメリカのロサンゼルスに住むある男性が、史上初めてエイズと認定された。それからわずか一〇年たらずで、エイズは世界中に広まることになる。特に悲惨だったのはブラジルで、「二一世紀、エイズで最も苦しむのはブラジルである」と誰もが予想していた。

たとえば世界銀行の研究員たちは、「エイズの流行を食い止めるためには、ブラジルは予防に全精力を注ぐべきで、現在感染している人が全て死亡したとしてもやむをえない」、と勧告していた。なぜなら、感染者に手を差し伸べると、さらに感染が広がる可能性が高いため、酷なようだが治療よりも予防に注力すべきことは、あたりまえすぎる常識だったのだ。

ところが二〇〇〇年代に入ると、ありとあらゆる予想に反し、ブラジルでは奇跡としかいいようのない事態が起きていた。全ての感染者に無料で薬が配布されただけでなく、なんとエイズの感染率はわずか〇・六%まで下がっていたのだ。今やブラジルは、エイズと闘う発展途上国の模範とされている。一体、何が起きたのだろうか?

結論から述べると、ブラジルの人々は、「常識に反する問い」を立て、一つ一つ解いていったのだ。世界銀行はじめ、誰もが「予防に集中せよ、感染者は見捨てよ」と常識に基づき、大人の正解を主張する中、ブラジルは決してそのような声に耳を貸さなかったのだ。彼らが自分たちに問うたのは、「誰一人、見捨てないためには、どうすればいいのか?」という問いだった。

そして一九九〇年代初頭より、まさに国を挙げた取り組みを行った。たとえば、世界貿易機関の特例を活用し、特許で守られたエイズ治療薬の製造を許可してもらい、タダで薬を提供したのだった。無料で治療が受けられることを知った人々は、検査を受けるため病院やクリニックに集まり、今度はそこで得た予防に関する知識を、国中に広めていったのだった！　こうして、最悪の事態が想定されたブラジルは、見事な復活を果たした。

ブラジルの奇跡から私たちが学ぶべきは、目先の正解に飛びつくことなく、正しく問うことの重要性ではないだろうか。しかし、常識に染まりきった私たちにとって、問うことほど難しいことはない。

†問いは問いを呼ぶ

では、問うことの本質とは何だろうか。

『ジョジョの奇妙な冒険』（荒木飛呂彦作）というすばらしいマンガがある。一九八六年に開始された連載は、すでに二〇年近くも続けられ、シリーズ全体の単行本は一〇〇巻を超える。そしてなんと、累計発行部数は九〇〇〇万部を上回るというから驚きだ。

わたしはこのマンガが大好きで、小学生の頃から折に触れては何度も読み返し、その度に勇気をもらっている。とはいえ、やはり子どもの頃と大人になってからでは、少しずつ感じるところも変わるもので、最近面白いなと思っているのが、「スタンド使いはスタンド使いと惹かれあう」という設定である。

ジョジョの奇妙な冒険に出てくるキャラクターは、精神力を具現化した「スタンド」とよばれる能力を通して戦うのだが、どういうわけか「スタンド」能力を持つもの同士は惹かれあう運命のもとにある。そしてこの設定は、私が日々過ごしている「科学の世界」で日々起きていることに類似していると感じるのだ。

……といきなり言われても「？？？」と思われるだろうから、少し補足させてほしい。

研究者は、学問を生業としているが、その本質は文字通り、「問い」から学ぶことにある。すなわち、科学という世界で生き残ることができるかどうかは、それぞれの研究者が立てる「問い」の質に左右されることになる。

この「問い」というのは面白いもので、まるでスタンド使いのように、次の「問い」を引き寄せるのだ。たとえば、アインシュタインは一六歳の時、「光の速さで光を追いかけたらどう見えるのだろう？」という問いを立てた。よく知られているように、この問いは後に相対性理論として結実し、それまでの自然観・科学観に革命を起こすことになる。

しかし、話はこれで終わらない。一つの「問い」を立てると、どんどん次なる「問い」に出会うのである。たとえば、アインシュタインの相対性理論は誕生から一〇〇年がたつものの、この理論は未だにさらなる「問い」を生み出し続けている。

たとえば、相対性理論をベースにして考えを進めると、ブラックホールの存在が証明できる。すると今度は、「ではブラックホールとブラックホールをぶつけるとどうなるのか？」という「問い」を立てる人が現れた。

これを解くためには恐ろしく複雑な計算が必要で、そのために専用のスーパーコンピューターが開発されることになり、さらなる「問い」が生み出されることになった。余談になるが、この計算をする過程で生み出されたサービスの一つが、「Mosaic（世界最初のウェブ・ブラウザ）」である。開発者のマーク・アンドリーセンが、後にネットスケープ社を起業することになるのは、有名な話であろう。

このように科学の世界では、「問い」が「問い」を呼ぶことで、当初の思惑を超えて思いもよらぬ展開になっていくことがよくある。だからこそ、一度「問い」の味を知ってしまうと、それは逆らい難い誘惑として研究者たちを虜にするのだ。

†人まねではなく基本原理から考える

ところが、それほど「問い」は重要であるにもかかわらず、研究者が「問いの立て方」

を習うことはほとんどない。もしかするとこれは、一般的に言えることかもしれない。つまり、私たちは生まれてからこれまで、「正しい問いの立て方」を順序立てて教わることがなかったのではないだろうか？

そこで手がかりを得るために、少し視点を変えて、私たちにも身近なビジネスの世界を覗いてみよう。たとえば、スティーブ・ジョブズを超える天才起業家と言われるイーロン・マスク（テスラやスペースXの創業者）は、「イノベーションを起こすために、どのような問いを立てるのか？」と聞かれ、彼独特の表現で次のように述べている。

「僕らは普段の生活では、いちいち基本原理に立ち戻って考えることはできない。そんなことをしていたら、精神的に参ってしまうからだ。だから、僕らは人生のほとんどを、類推や他人のまねをするだけで過ごしている。でも、新しい地平を切り開いたり、本当の意味でイノベーションを起こそうとしたりするときには、基本原理からのアプローチが必要になる。どの分野にせよ、そのもっとも基本的な真理を見つけ、そこから考え始めるしかない……まあこれは、とても精神的に疲れることだけどね」

たとえばイーロン・マスクは、宇宙船の開発・打ち上げを行う、スペースXという会社を起業している。ロケットの打ち上げには膨大なコストがかかるため、これまで民間企業はとても手が出せる領域ではなかった。しかし、イーロン・マスクは基本原理に立ち返り、「ロケットの原材料費を考えると、どう考えてもそこまで高くはない。今のロケット開発は、何かがおかしいはずだ」と考え、乗り出すことにしたという。

この「基本原理に立ち返る」というイーロン・マスクの発想は、もともと科学からヒントを得ている。というのも、科学者は伝統的に、「演繹」か「帰納」のどちらかに従って問いを組み立てるのだが、「基本原理に立ち返る」というのは前者の発想なのだ。

この二つの発想法は、どちらか一方がすぐれているというものではなく、目的に応じて使い分けることが重要となる。たとえば、「演繹」という発想は、イーロン・マスクが言うように「新しい地平を切り開く問い」にたどり着く。一方で「帰納」という発想は、「困難を乗り越える問い」を生み出してくれるのだ。

†例外にこそ本質が現われる

「帰納」について、もう少し考えてみよう。

「知は力なり」で有名なイギリスの哲学者フランシス・ベーコンは、一六〇五年に著した『学問の進歩』の中で、当時の医学について次のような失望を表明している。

「医学は、職業とされていても、入念な研究はなされておらず、入念に研究されていても、進歩しなかった学問である」

ベーコンによる批判はもっともで、当時の医学は学問としての体をなしていなかった。たとえば、今となってはとても信じられないが、皮膚に刃物をあてて血を流す「瀉血《しゃけつ》」という治療が、ありとあらゆる病気に対して行われていたのだ。

このトンデモ治療のおかげで、助かるはずの多くの命が失われてしまった。有名な例では、音楽家モーツァルトは、瀉血により症状を悪化させてしまい、わずか三五歳という年齢で死に至ったと言われている。

ただ、お粗末なのは医学だけでなく、そもそも学問全般が未熟だった。そこで立ち上がったのがベーコンである。彼の慧眼は、学問を洗練させるために、「帰納法」という手法を提案したことにある。

帰納法とは、「個別の事例から一般的な法則を導くこと」をいう。日本では高校数学で習うので、なんとなく言葉だけは聞いたことがある方も多いかもしれない。この手法が考案されたことで、科学は大きな飛躍を遂げることになるのだが、この帰納法の面白い使い方を紹介しよう。

前にも登場した北川拓也氏（理論物理学者、楽天常務）は、よく次のようなことを言っている。

「物事の本質を捉えるためには、単純で極端なケースを考えるとよい」

たとえば、血液型と性格の関係について何か本質的なパターンを導こうと思ったら、「大ざっぱなO型」という誰もが想定しそうな事例に注目するよりも、たとえば「神経質なO型」という外れ値に思える事例に着目した方が、本質に迫る可能性がある。

この「例外を例外として切り捨てるのでなく、そこに本質が現れているかも⁉」という姿勢は、科学だけでなく、ビジネスや社会変革など、あらゆる分野で応用可能だ。たとえば、予防医学の分野で行われた、あるプロジェクトを紹介したい。

†ベトナムの奇跡

一九九〇年一二月、妻と一〇歳になる子どもを連れて、ジェリー・スターニンはベトナムに降り立った。

当時、ベトナムの子どもたちは、約三分の二が低栄養に苦しんでいた。その状況を改善するため、「セーブ・ザ・チルドレン（子どもたちを救う国際組織）」から派遣されたのが、スターニンだった。

しかし、ベトナム政府は決してスターニンを歓迎していなかった。それどころか、次のような通知まで突きつけたのだ。

「六カ月で成果を出してください。さもなければ、帰国してもらいます」

通常であれば不可能と思えるミッションだが、それでもスターニンは諦めなかった。まず現状を知るため、ボランティアスタッフと共に四つの村で基礎調査を行った。自転車で猛烈に走り回り、わずか四日間で二〇〇〇人以上の子どもたちの体重測定をした。分析の結果、予想通り約六四％もの子どもたちが、低栄養にあることが判明した。

ここで普通にデータを見てしまうと、低栄養を引き起こす最大のパターンは、「貧困」にあると考えがちだ。しかし、貧困解決のためには大きな対策が必要となり、とても六カ月でなんとかなる問題ではない。

そこでスターニンが着目したのが、「例外的な事例」である。具体的には、データを収集したスタッフに対して、次のような問いかけを行ったのだ。

「非常に貧しい家庭で育っているにも関わらず、栄養状態がいい子どもはいましたか？」

するとスタッフたちは、「あー、そう言われてみれば、確かに何人かいましたよ！」とすぐに教えてくれた。さっそくそのような「例外的な事例」を調べてみると、共通するいくつかの法則が見えてきた。

（1）食事の前に手を洗っていた

子どもは手づかみで食べるので、雑菌も口に入れてしまう。その結果、下痢を起こし、低栄養を引き起こす。例外的な子どもたちは、食事の前に手を洗うよう言われていたので、下痢になりにくかった。

（2）水田でとれるエビやカニを食べていた

ベトナムは稲作が中心で、一日のほとんどを水田で過ごす。例外的な子どもたちは、水田でとれるエビやカニを食べさせてもらっていたので、貴重なたんぱく源となっていた。

こうして得られた知見を基に、スターニンは母親向けの二週間プログラムを作成した。参加者たちは、川でとれる小さなエビやカニの調理法や、食事の前には手を洗うことなどを、実践しながら学んでいった。

その効果は劇的だった。「わが子がみるみる元気になる！」と評判を呼んだスターニンのプログラムは、ベトナム全土へと広がっていった。そしてわずか二年間で、ベトナムの子どもの低栄養は八五％も減少したのだ！

帰納法を有効に使うポイントは、「いい意味での例外」を見つけられるかにかかっている。もちろん例外なので、パターンが見えるまで例外を集められるかが最大の障壁になる。しかし、今はビッグデータの時代なので、昔よりは断然やりやすくなっている。どの分野でも活用できる手法なので、ぜひ試してみてほしい。

イノベーションを生み出す問い

†ハーバードではいかにして問いを生み出すのか？

何気ない一言が、いつまでも心に残ることがある。私の場合それは、「出羽守《でわのかみ》は嫌われるよ」という言葉だった。出羽守とは、「アメリカでは……」「グーグルでは……」と、鼻高々に他の事例を引き合いに出す人を揶揄《やゆ》する言葉である。

冒頭で述べたように、私は三〇歳を過ぎても「〇〇では……」と鼻高々だった。そんな私の生きざまについて注意をしてくれたのだった。

しかしある日、いつもお世話になっている方から「ハーバード大学ではどのようにイノベーションを生み出しているのか話をしてほしい」と依頼を受け、久しぶりに出羽守になってみようと決心した。

講演時間は一時間ということだったので、当初は「ハーバード流七つの思考術」という感じで軽くまとめようと構想していた。そうすればきっと、参加してくださった方々にもわかりやすいし、何より七つも思考術があると、どれか一つぐらいは響くだろうと安易に考えたのだ。

私がハーバード大学に留学していたのは、もう今から一〇年近くも前の話なので、「いったい自分は何を学んだのだろうか?」と改めて確認するため、押し入れから当時のノートを引っ張り出してみた。すると、「イノベーション」と題したノートがあり、ぎっしりと書き込みがしてあった。

それを見て思い出したのだが、私は当時、とにかく会える限りの人に出会って、世界一流の思考法を学ぼうとしており、取材日誌とも言えるものがそのノートなのであった。懐かしさとともにパラパラと眺めていると、とあるページではっと目が留まった。

〝イノベーションの種となる適切な問いは、「大きな視点」と「小さなディテール」を高速で行ったり来たりすることでしかうまれない〟

これはとある世界的な物理学者の発言なのだが、私はよほど興奮したのか、「これぞまさに真実!」と大きな文字でノートに書き込んでいた。

にもかかわらず、私は極端に物覚えが悪いので、すっかり忘れていたのだ。だが改めてこのように言われると、確かに最近お話を伺ったとあるイノベーターも同じような思考法をしていたことを思い出したのだった。彼の名は、クオーク・リー。グーグルの若き天才研究者である。

†初めて月に到達した生物が人間という不思議

一九八〇年代、まだ戦争が終わったばかりのベトナムで、リーは生まれた。生活環境は決して良好とはいえず、リーが電気というものを初めて見たのは、ようやく八歳か九歳になったころだったという。

村人たちの多くは農業によって生計を立てており、リーも将来は百姓になるものだと思っていた。しかし一二歳のころ、歴史的な発明に関する本を読んでいたら、とある写真がリーの目に飛び込んできた。

それは人類が初めて月に立った時の写真だった。なぜこの写真がリーの心をとらえたのだろうか？　取材の中で彼は次のように答えてくれた。

「なぜ初めて月に到達した生物が人間だったのか、僕には不思議に思えたのです。というのも、人間は地上で一番速い生物ではないし、強くもないし、ましてや空を飛べるわけでもないからです」

このような問いを持つこと自体、とても常人にはないセンスを感じるが、熟慮の末リーが導き出した結論は「人間には知性があるから」というものだった。こうして知性という大きな視点を得たリーは、「将来は百姓ではなく、知性をもったロボットを創って人類に貢献したい」と新たな夢を抱くようになった。

「当時見ていた、ドラえもんのようなロボットを創りたかったのです」

そして苦学の末、リーはスタンフォード大学の博士課程に進むことになる。村では高校まで行くこと自体珍しいことなので、リーの活躍に両親は目を細めて喜んだという。

リーが最初に取り組んだのは、たとえば「ホッチキスをとってください」という指示に応えてくれるロボットの開発であった。実際にできたものは確かに機能するものであった

もの の、 となりの部屋にあるホッチキスをとってくるのに、 二〇分もかかるような代物であった。

「何が一番むずかしいのかとディテールを突き詰めていった結果、「いかにして機械に物体を認識させるか?」というパターン認識の問いにぶつかったのです」

こうしてリーは、「知性とは何か?」という大きな視点と、「物体認識」という小さなディテールを高速で行ったり来たりすることで、ディープ・ラーニングを高速で実用化するという全く新しい地平を切り開くことになったのだ。

私はリーの話を聞きながら、「はたして自分はどれほどそのような往復運動ができているだろうか?」とつくづく反省させられた。広く思考する志と、細部を突き詰める狂気。この両立こそが、超一流と言える人の思考法なのだろう……という話を講演でしたのだった。

「信じる」ことの効用

†大切なものは目に見えない

二〇一五年のことだが、『星の王子さま』の後日談を描いた映画（『リトルプリンス　星の王子さまと私』）を見てすっかり感化された私は、どうしてもかの有名なセリフを誰かに言いたくなってしまった。さっそく後輩をカフェまで呼び出し、「大切なものは目に見えないんだよ」と興奮気味にしゃべっていたら、「まさにアイですよね」という話になった。

ちなみに呼び出された可哀想な後輩は三澤大太郎君といって、素数を専門とする数学研究者である。彼の口から飛び出した「アイ」とは、もちろん私たちが想像する「愛」ではなく、虚数をあらわす「i」のことだ。

「虚数は英語で言うと、imaginary number。想像上の数字のように思えますが、確かに存在するんですよね……僕らには見えませんが」

とウットリとした顔で語る三澤君。こうなるともう誰も彼を止められない。次々と虚数に関する逸話を繰り出してきた。その中でも特に面白いと思ったのが、「数学界における最高の秘密の一つ」と呼ばれる次の式である。

1＋2＋3＋4＋5＋……＝－1/12

おそらくこの式を見た人は誰もが「は⁉」と思うだろう。それもそのはずで、1＋2＋3＋4＋5＋…と足していけば、当然答えは「∞（無限大）」になると普通は考える。しかし、三澤君の熱弁によると、それは実数の世界を想定しているからだという。実数を横軸にとり、虚数を縦軸にとった複素数平面においては、先の式は「解析接続」という数学上のテクニックによって、確かに－1/12になるのだ。

そうなるのだと言われても、納得がいかなかった私は、もっと分かりやすく説明してほしいと三澤君にお願いした。すると答えて曰く、

「数を足すというのは山をのぼるようなものだと思ってください。山頂目指してどんどん登っていたつもりが、いつの間にかぐるーっと迂回（＝解析接続）していて、気が付くとスタート地点よりも低いところにいたというイメージです」

なるほど。わかったような、わからないような。ちなみに詳細は省くが、数式展開していくと確かに1+2+3+4+5+…は「－1/12」になるし、そのイメージは三澤君が言うように山を迂回するようなものになる。

己のハートを信じる

さて、このような調子でカフェに三澤君を呼び出しては、数学に関する話を教えてもらっているのだが、その度に思い知らされることがある。それは「ロジックを重ねていくと、時に直観を超えた不思議に出会う」ということだ。たとえば、自然数を無限に足していくと答えがマイナスになるというのはまさにその象徴だろう。

このような「直観を超えた不思議」は、私たちのイマジネーションを広げる源泉になる。たとえば、アインシュタインの一般相対性理論はブラックホールの存在を予測したが、当時の人からするとあまりに荒唐無稽な話に聞こえたかもしれない。しかし、ブラックホールという不思議を信じた人達のおかげで、「それは宇宙のこういう現象を計測したら観察できるのでは?!」と新たな視点で夜空を眺めることにつながったのだ。

しかし、私たち人間には自分の見たいものを見るというバイアスがあるので、そもそも

「直観を超えた不思議」があることに気が付きにくい。視野を広げるためには、視座を高くもたないといけないが、そのために重要となるのが「信じる」ことだ。

ここで言う「信じる」とは、カルト宗教に対する盲目的な信心を意味しているわけではない。世の中には自分が想像すらできないような真実があり、自分はまだそれを知らないことを信じるのである。

たとえばそれは、「自分が今ぶつかっている課題がすでに他の分野では解決されている」と信じることである。そのような視座を得た人間は、自分の専門とは無関係と思われる分野に対しても、知的好奇心を失わないだろう。

あるいはそれは、「物事には共通するメカニズムがある」と信じることである。特に物理学者は、この「統一」という概念を強く信じている人たちだ。だからこそ、電気と磁気という一見相異なる現象を説明する統一的な枠組みを提供できたのだ。

もちろん、人によって何を信じているかは異なるだろう。ただそれが何であれ、自分が何を信じているのかに自覚的でない限り、「直観を超えた不思議」に気づく機会はないだろうし、それゆえ新たなイマジネーションも得られないだろう。

改めて調べてみると、『星の王子さま』の作者サン＝テグジュペリは、次のように述べている。

「ものごとは心でしかよく見えない。大切なことは目に見えない」

おそらくこれは、目の届かないところに大切なことがあると思っていた方が、結果的に視野が広がるということなのだろう。そしてそう思えるためには、「信じる」という心の働きかけを必要とするのだ。

己の無知を謙虚に反省し、ハートが信じるところに向かいたいものである。

偉大な研究者の共通点

†一流シェフの頭の中

「いかにして新しい料理が誕生するのか？」

そのような疑問を、若き天才シェフ・松嶋啓介氏（第二部参照）に伺ったことがある。二五歳で南仏ニースに店を開くや、外国人としては史上最年少となる二八歳でミシュランを獲得した、フレンチ新世代の旗手である。

松嶋氏の名を一躍有名にしたのが、「牛肉のミルフィーユ」だ。まさに文字通り、薄切りにした牛肉をミルフィーユのように重ね、その間にたっぷりと西洋わさびを塗り込みさっと焼いたエレガントな料理である。

もともとこの料理は、「フランス人にわさびの良さを伝えるにはどうしたらいいか？」という松嶋氏の問いから生まれたものだ。というのも、今やフランスでも日本食はすっかり定着しているが、どうしてもわさびだけは苦手意識があるという。

そこで松嶋氏は、お寿司やお刺身のように、「生魚」×「わさび」という食べ慣れない食材同士を組み合わせるのではなく、フランス人が普段口にしている牛肉と合わせることで、わさびを楽しんでもらえるのではないかと考えたのだ。

この一皿は、お店で出されるやたちまち大きな評判を呼び、ついにはフランス政府まで動かした。二〇一〇年、「フランス料理に和のテイストを加えて進化させた」として、松嶋氏はフランス芸術文化勲章を授与される。

こうして今や、日本が世界に誇るクリエイターとなった松嶋氏だが、面白いことに「料理をするのはそんなに好きじゃなかった」と言う。その理由について、次のように教えてくれた。

「そもそも料理の技術やレシピを覚えたくてフランスに行ったわけじゃないんです。料理は嫌いだったけど、料理を考えるのは好きだったから、なぜこのシェフがこの料理をひらめいたのか、その発想法を教えてもらっていました。一方で、お前みたいに仕事が雑な日本人は見たことない、とよくからかわれていました（笑）」

とにかく型破りな松嶋氏だが、実際に会って話をしてみると、話題の広さにおどろく。文化や歴史、ビジネスやテクノロジーまで話がどんどん広がっていくので、「一体いつになったら料理の話をするのだろうか?」と思わされる程である。しかし、この守備範囲の広さこそ、じつは超一流の証でもあるのだ。

†長く活躍できる人の特徴とは?

一九九三年、「第一線で長きにわたり活躍できる研究者はどのような働き方をしているのか?」という興味深い論文が発表された。ノーベル賞受賞者を含む数十名の研究者を長年にわたって追跡調査したものだ。

結論からのべると、次のような二つの特徴がみられたという。

(1) 四五歳までに五本以上の傑出した論文を書いている
(2) 平均して五回は大胆に研究分野を変えている

全くの直観だが、この発見はかなり一般性をもつのではないかと思っている。芸術であれビジネスであれ、超一流と言われるような人を観察していると、四五歳までに五つ以上の圧倒的な成果を出し、平均して五つくらいの専門分野をもっている人が多いように感じるのだ。

それはさておき、私がとくに面白いと感じたのは二つめのポイントである。というのも、専門に固執してこその研究者であるはずなのに、研究分野を変えてしまうなんて学者としての本分を捨てているようにも思えるからだ。だが実のところ、一つか二つの専門分野しか持っていない研究者は、よくても一発屋で終わってしまうことが多いという。

ではなぜ、偉大な研究者はかくも研究分野を変えることになるのだろうか？　その理由について私なりに考えてみたのだが、おそらくそれは、めざしているところが高いからだと思う。

視座の高さは、視野の広さにつながる。つまり、はたから見ていると研究分野を変えているように思えても、当人からするときわめて自然な流れとしてうつっている可能性が高いのだ。そして一見非効率に傍から見えたとしても、結果としてさまざまな研究分野に取り組んだことが、後になって思いもかけぬ形で結びつき、長きにわたる活躍につながるんじゃないかと。

それはまさに、何がよかったかはあとからわかるものだという「点をつなげる（connecting the dots)」という概念に似ている。これはスティーブ・ジョブズがスタンフォード大学の卒業演説で述べたもので、彼自身何気なく受講した文字芸術（calligraphy）の授業で文字を美しく見せる術を学び、それがのちにマッキントッシュ（Macintosh）のフォント開発に役立ったという話をしている。

ちなみに松嶋氏は、どのような視座を持っているのだろうか?! 尋ねてみると、平然と次のように教えてくれた。

「単純に自分の好きになった日本という国の文化を広めたいのです。僕が常々思うのは、知らなかったことを知ることで、人は成長します。だから文化を広めることが重要なのです。料理はそのための手段の一つです。」

松嶋氏は『めんたいぴりり2』（二〇一五年・テレビ西日本製作）というドラマで俳優デビューまでしている。彼の万能ぶりは現代のレオナルド・ダ・ヴィンチを彷彿とさせる。こんな無茶苦茶な人がもっと出てくると、世界は限りなく面白くなるに違いない！

どこから考え始めるか

†速く進むことは価値か？

日本人初のプロゲーマーである梅原大吾さんを一躍有名にしたのが、「背水の逆転劇」である。二〇〇四年、アメリカで開催されたストリートファイターという格闘ゲームの大会で、体力が全く残っていない状況から奇跡的な大逆転を果たし、梅原さんは世界中のゲームファンの心を鷲づかみにした。

かくいう私も、ずいぶん長いこと彼のファンなのだが、梅原さんがやられている「Daigo the BeasTV」という配信番組を見ていてビックリした。

「このゲーム（ストリートファイター5）におけるうまさとは何かを考えたんです」

分野に限らず、一流と言われる人はとてもプリミティブなところから問いを立てる傾向にある。梅原さんの場合は「うまさとは何か？」であるし、あるいは私が一緒に研究することが多い為末大《ためすえだい》さん（元プロ陸上選手）の場合は、「足が速いとはどういうことか？」である。

あまりにも本質から考え始める彼らの姿勢は、「哲学的すぎるだろ！」というツッコミや、「そこまで考えるのか⁉」という驚きとともに受け止められることが多い。しかし、彼らの素直な感覚としては、「そこまで考える」というより、「そこから考え始める」というほうが近いのではないだろうか。

その証左だと思うが、彼らの発言を聞いていると、「○○とは何か？」とか「△△とはどういうことか？」という問いかけをしていることが多い。

しかし、本質を考えようとすると、うまさって何だとか、そもそもなぜ勝ちたいのかとか、自分と向き合う作業が必要になる。これは超面倒なことだ。たとえば為末さんは、「なぜ速く走りたいのか？」と考えていた時、アメリカ人のコーチから次のように言われたそうだ。

「そんなことを考える必要はない。速く走ってメダルを取れば、お金と名誉が手に入る。それだけで走るには十分な理由だろう⁈」

そんなクソ面倒なことを考えるよりも、速く走るための練習をしなさいというわけだ。

たとえばストリートファイターであれば、すでに強い人たちのプレーを真似したほうが、効率よく上達できる。ビジネスであれば、どこかで成功したモデルを真似した方がうまくいく確率は高い。研究であれば、人工知能のような今流行っているものを最速で学習した方が学者としての成功は早い。

梅原さんはそのような姿勢に対して懐疑的である。なぜなら、それは自分の礎を築く前に身につけた強さなので、本物の強さにはなりにくいからだ。たとえ歩みは遅くとも、自分と向き合って本質から積み上げられたものが、結果的に堅牢な強さになりうるという。

そういえばダルビッシュ有選手も似たようなことを言っている。彼は日本ハムの後輩である大谷翔平選手に対して、「こういうものをこうやって食べれば体は大きくなる」など自身の経験を伝えているという。大谷選手はそれに対し、「ダルビッシュさんが色々試してよかったエッセンスを学べるので、僕は最短距離で成長できます」と述べていたが、当のダルビッシュ選手はそれに対して懐疑的だった。「自分が試行錯誤してつかむのと、他人からエッセンスだけ教わるのは、全然違うと思う」

†ただひたすら歩く

かねてより梅原さんに注目していた私は、「いつかチャンスがあれば対談してみたい」

と願っていたのだが、二〇一七年ついにその機会が訪れた。あまりの興奮に、前日の夜はほとんど眠れなかったのだが（笑）、当日はずっと疑問に思っていたことを尋ねた。「いつ自分と向き合っているのか？」ということである。すると梅原さんは少し考えた後、次のように答えてくれた。

「僕の実家は都内にあるのですが、すごい不便なところにあって、駅から三〇分くらい歩くんです。とくに昔は終電までゲームセンターで遊んで帰っていたのですが、その場合さらに別の駅から帰らないといけなくて、一時間半くらい歩いていたんです。その間に今日一日のことを振り返りながら、『あの時どうして自分はああやったんだろうか？』とか『負けた時の悔しさというのは、いったい何に対する悔しさなんだろうか？』ということを自分の中で考えていましたね」

ここで梅原さんが言う昔とは、一九九〇年代後半のことで、まだ携帯電話もほとんど広まっていない頃である。梅原さんは自分と向き合ってただひたすら一時間半も歩く中で、自分の礎を築いていたのだ。だからこそ、競争の激しいプロ・ゲーマーの世界でも、結果的に勝ち続けているのだと思う。

このただひたすら歩くということは、実は研究者がよくやっていた方法でもある。たとえば、研究室に新人が入ってきたら、昔はよく「徒歩旅行」というものが行われた。教授と新人の二人でとにかく歩く。三日ぐらい一緒に歩く中で、これから一緒にやる研究のアイデアを話したり、あるいは身の上話をする中でお互いに対する理解が深まっていたようだ。考えてみると、幕末の志士たちもひたすら歩いていた。彼らは全国を歩き回る中で、自分の考えを整理し、それを各地で伝え、明治という新しい時代の扉を切り開いたのだ。

ところまで書いてみて、猛烈な反省が襲ってきた。「最近、自分は歩いてないな」と。携帯電話は家に置いて、「プリミティブな問い」だけを胸にただ歩く。そんな余白の時間をもつことが、結果として自分の人生におけるグランド・チャレンジをみつける手掛かりになるのだと思う。

考えるとは何か？

†「考えるとは何か？」を分解する

この数年、暇を見つけては取り組んでいる問いがある。それは「考えるとは何か？」というものだ。私たちは普段、あまりにもうかつに「ちゃんと考えろ！」と偉そうに指図したりする。しかし、そのような発言をしておきながら、改めて「考えるとは何か？」と問われると、自信をもって答えられる人は少ないのではないだろうか。

かくいう私自身も、考えることを生業としておきながら、そのような問いに向き合ってこなかった。それは野球に例えるなら、自分のフォームを知らずにバットを振り続けてきたようなものである。もちろんそれでうまくいっているうちはいいが、スランプに陥ったときに戻るべき型がないとうまく戻すこともできないし、何よりさらに飛躍したいと思ったときに何を出発点にすればよいのか分からなくなる。

そこで意気揚々と「考えるとは何か？」と考え始めたはいいものの、思考が二秒で止まってしまった。あまりに問いが抽象的で難しすぎるのだ。研究の世界では、思考が進まないのは思考力のせいではなく、そもそも「問いの設定が間違っている」と考える。そこで私も、まずはこの問いを取り組みやすい形に小さく分解することから始めた。

では「考えるとは何か？」という問いはどのように分解できるのか？　数カ月ほど試行錯誤してみたのだが、まあこれでいいかなと思えたのが、プロセスで分解するというものである。

(1) いかにして考え始めるのか？
(2) いかにして考えを進めるのか？
(3) いかにして考えをまとめるのか？

このように分解してみると、「あーなるほどな」という気づきがあった。というのも、科学者という人間は、あまり「Why（なぜ）」という形式で考え始めないのだ。それよりは「How（いかにして）」で始まる問いを立ててから思考を進めることが多い。実際、これら三つの問いを眺めると、すべて「How」から始まっている。

その理由はおそらく、「Why」という問いかけは宗教に特有な形式で、科学はそれに反発することで生まれたという歴史的背景があるからだろう。たとえば、「なぜ宇宙が誕生したのか?」という問いを突き詰めていくと「神様がつくった」というところにしかいきつかない。しかし「いかにして宇宙が誕生したのか?」と問うと、これは途端に科学的な問題になっていく。

さらに言うと、「How」を考え始める前に、「What(○○とは何か?)」がある。たとえば、「考えるとは何か?」という大きな問いがあるからこそ、そのあと「How」の形に落とし込むことができるのだ。

ここで一度整理をすると、「Why」という問いかけを突き詰めると「Who(神様)」に行きつきやすい。それゆえ科学は「What」から問いはじめ、それを「How」という形式に変えて考えを進めまとめていく。どうもそのような構造があるらしいと最近思っている。ここまで整理できた時に、「あーやっぱりすごい人はそういう型に従って研究しているな」と再確認できた。ちょっとその話をさせていただきたい。

†創造とは何か？

もう数年の付き合いになるのだが、よく一緒に研究をさせてもらっている風間正弘君という友人がいる。彼は現代の研究者らしく、何か一つのことを狭く深く掘るだけでなく、同時に広く様々な分野をカバーしながら、物事の本質を探っている。

一体何の研究をしているのかというと、計算創造学（Computational Creativity）という分野の研究だ。おそらく言葉だけを聞いてもなんのこっちゃと思われるだろうが、具体的には料理、詩、小説、絵、ファッション、音楽など、いわゆる創造的な活動をコンピューターに実行させることを狙いとしている。

「そんなことができてしまえば人間がやることはなくなるんじゃないか?!」と心配される方もいるかもしれない。まさに研究をしている科学者たちも同様のことを考えていて、そもそもコンピューターに創造的な活動を「すべて」担ってもらうのか、それとも「一部」にとどめるのか、大きな議論となっている。いずれにせよこの計算創造学は、「人工知能における最後のフロンティア」とも言われ、いま大いなる盛り上がりを見せ始めている。

さて本題に戻るが、そのような計算創造学を研究する際に、風間くんは次のように考え始めていた。

「創造とは何か？」

せっかくの機会なので、実際に読者の皆様にも考えてもらいたいのだが、どうだろうか？　考えは一ミリでも進むだろうか？　ちなみに私は数カ月間、一ミリも進まなかった(泣)。しかし風間君は、さすがの視野の広さで、たとえばデザイン・シンキングの中に何かヒントが落ちてないだろうかと、様々な分野から知見を得つつ着実に思考を深めていっていた。

風間君と二人で色々と考えたのだが、いまのところは「創造＝新しさ×価値」という古典的な定義がよかろうということで研究を進めている。逆に言うとここまで定義されてしまえば、あとはかなり楽に思考が進んでいく。なぜなら問いを「How」に変えていけばいいからだ。この場合、彼とディスカッションしながら次のように問いを変換した。

「いかにして新しさ×価値を数式にできるか？」

ここでもう一つポイントがあるとすれば、「数式」というキーワードだろう。結局数式にしないとコンピューターに計算させることができないので、科学者はよく「いかにして○○を数式にできるか？」という形で問いを立てることが多い。

さて、少し話がややこしくなったが、「○○とは何か？（What）」、「いかにして……（How）」という順番で考えを進めていけば、これまでとは違った展開になるかもしれない。ぜひ一度試してみてほしい。

戦争と平和

†平和とは何か？

私は瀬戸内海に浮かぶ小さな島で生まれ育った。というのも、父がその島で僻地《へきち》医療をしていたからだ。「僻地医療」と言われてもあまりピンと来ないと思うが、山間部や離島など交通の便が悪い地域で医療を行うことを言う。

子どもながらに「かっこいいなー」とあこがれの目で父を見ていたのだが、そんな父はよく私に「医者にだけはなるなよ」と口酸っぱく言っていた。どうしてなのかと尋ねると、「免許を持つと免許に頼って生きるようになる。するといつか本当にやりたいことができた時、その免許がお前を邪魔するからだ」と断言していた。

そんな父に対して母は、「別に免許をとっておくのはいいじゃないの！」と抵抗をみせていたが（笑）、幼い頃の刷り込みとは恐ろしいもので、私は「そんなものなのかな」と無邪気に父の教えを受け入れた。三八歳になった今、結果として父の言うとおり「免許」

に頼った人生を歩まなくて本当によかったと思っている。

では、父はわが子にどのような人生を歩んでほしいと願ったのか？　これまた奇抜な発想なのだが、よく父が言っていたのは「健康と幸福と平和。この三つは誰も反対する人がいない。だからこれらに関することをやりなさい」というものだった。

人生のかなり早い段階で、そのような大きな指針を与えてくれた父には本当に感謝している。そして私の研究人生を振り返ると、かなり忠実にその指針を守ってきたように思う。ただ、「健康」と「幸福」についてはいろいろな研究をしてきたものの、「平和」だけは手を出してこなかった。

というのも、平和というものが自分の中でうまく消化できなかったからだ。もちろん、私の人生がいつも平和そのものであったわけではない。人並みに波乱万丈があったと思っているものの、とはいえ日本というあまりに平和な国での話だ。見る人が見れば、そよ風とすらうつらないであろう。

そんなわけで、これまで平和について避けてきたわけではないけれど、どことなく取り組みづらさを感じていたのだが、私も四〇歳を前にして、そろそろ大人の責任として真剣に考え始めないといけないないなと感じるようになった。

さっそく「平和とは何か？」と問いを立ててみたものの、あまりに思考が進まない。私の場合これまでの経験から、思考が進まない原因は大きく二つある。一つは問いが難しすぎる場合。もう一つは知識があまりに足りなすぎる場合。今回の場合は、どうも後者が原因だなと感じたので、似たような問いを抱いた人が過去にいなかったか、調べてみることにした。すると、びっくりするような発見があったので、その話をさせて頂きたい。

†小さな世界

一九六四年、日本が東京オリンピックの開催に沸き立っていた頃、ニューヨークでは万国博覧会が開催され、あるパビリオンが注目を集めていた。出展者はユニセフ。「戦争のない平和な世界を」という願いが込められたそのパビリオンには、合計一〇〇〇万人を超える観客が押し寄せた。

特に好評を博したのが、パビリオンで流れていたある歌だ。後に各国の言語に翻訳され、世界でもっとも演奏されることになるその歌は、なんとエンターテイメントの神様ウォルト・ディズニーの指揮で作られたものだった。

万国博覧会の開催まで、あと半年と迫った頃のこと。ウォルト・ディズニーのもとに突如パビリオン制作の依頼があった。依頼者はユニセフ。ディズニーは当初断ろうと考えていたようだが、結局引き受けることにした。ユニセフから与えられた「平和な世界とは何か?」というお題に対し、それは「子どもたちの世界ではないか」という結論にディズニーは至った。

「人種や性別、国籍、言語の違いがあっても子供達は何のしがらみもなくすぐに友達になれ、ケンカしても泣いて笑ってすぐに仲直りしてしまう。まさしくこれが平和の世界ではないか(wikipedia「イッツ・ア・スモールワールド」より引用)」

こうして「世界の子どもたち」というテーマの下、急ピッチでパビリオン制作が進められていった。しかしディズニーには、どうしても気にかかることがあった。それは、パビリオンで流されることになっていた音楽である。当初の予定では、世界各国の国歌を流すことになっていた。だが、それぞれの国歌が同時に流されていたので、全体としてなんとも騒々しいパビリオンになっていた。

「たった一曲でいい。世界中の言葉に翻訳され、繰り返し流すことができる曲だ」

ディズニーの指揮を受け、テーマミュージックを担当していたシャーマン兄弟は、「小さな世界(It's a small world)」という今や誰もが知っている名曲を完成させる。

万国博覧会で人気を博したこのパビリオンは、その後ディズニーランドの大人気アトラクションとなり、誕生から五〇年たった今でも、子どもから大人まで幅広い世代に愛されている。

このような歴史があることを知り、改めて私はディズニーを見直した。そしてそれ以上に、「平和とは何か?」という問いは、極めて本質的かつ広がりのあるものだと確信した。

†電子レンジの歴史

ディズニーがきっかけで「平和とは何か?」という問いを真剣に抱くようになると、脳とは不思議なもので、無意識のうちに平和に関するトピックを求めるようになる。

たとえば最近、こんなことがあった。「電子レンジが欲しい!」と妻が言うので、近所の家電量販店に行ったのだが、種類があまりに豊富なので選べない。悩む妻を横目に暇を持て余した私は、「そもそも電子レンジってどういう経緯でできたんだろうか?」とネットで調べ始めた。

すると面白いもので、電子レンジに使われているマイクロ波は、もともと戦闘機のレーダーとして第二次世界大戦中に大活躍したようだ。もちろん旧日本軍も目をつけており、極秘裏に「怪力電波」と呼ばれ、人を殺傷できないか研究していたという。戦争が終わると、人を殺すために使われたマイクロ波は電子レンジとして生まれ変わり、家族団欒という平和の象徴にすらなったのだ。

このような歴史を知ると、問いのもつ深淵さに身震いさえしてくる。つまり、一見平和とは全く関係がないように思える「いかに殺すか？」という問いを追求することが、意外にも結果として平和につながることがあるかもしれないのだ。おそらく逆もまた真なりで、「平和とは何か？」という問いを追求することが、結果として戦争につながってしまうこともあるだろう。

考えすぎかもしれないが、それくらい慎重に物事を考えたほうがいいのは、健康に関する研究と同じなんだろうと思った。というのも、よかれと思ってやったことが、実は健康を害していたなんてことはザラにあるからだ。たとえば、つい最近アメリカで抗菌石鹸の販売が禁止されたのは有名な話だろう。普通の水や石鹸と比べても効果がないばかりではなく、長期的にはむしろ耐性菌が増えるなど害がある可能性がわかったからだ。

†多様性とは何か?

こうやって頭の片隅で「大きな問い」を抱いて生活していると、ある日突然ひらめいてしまうことがある。私の場合それは、「平和とは多様性のことなんじゃないか?」という啓示だった。

ただ種明かしをすると、それは別に私が一人で思いついたものではなく、ある人から教えてもらったものだった。よく私は「石川さん最近何考えてるの?」と聞かれるのだが、この頃は決まって「平和です」と答えている。すると一〇人中九人までは怪訝そうな顔をするのだが、たまに「なんと! 実は俺も最近平和について考えていてね……」ということになったりする。

その一人が、クリエイティブディレクターの溝口俊哉《としや》さんだ。広告業界の伝説的な有名人で、仕事をご一緒したことがきっかけで、もう長いこと仲良くさせてもらっている。その溝口さんが「平和ってのは多様性があるってことなんだよ」と教えてくれたことが深く心に響き、「そうか多様性について研究すれば平和に至るな」とピンと来たのだ。

たとえば、先のアメリカ大統領選の結果を受けて、「ドナルド・トランプが勝ったー!

やったー！」とFacebook上でコメントしている人がどれだけいたかが、私たち自身のネットワークの多様性を示していると思う。「うわー最悪だわ……」というコメントであふれかえっているのなら、極めて狭い世界で生きているということになるだろう。

「平和＝多様性」という方向性が決まれば、あとは簡単だ。多様性というものを数式で定義すればいい。数式で表せるということは、ある状態がどれだけ「多様」なのか定量化できるということであり、それはつまり平和度を点数化できることになるのだ。

数式化するには、元となるデータが必要になるのだが、いろいろ探した結果「ファッション」が手を付けやすいということがわかった。特に日本のファッションは多様化がかなり進んでおり、かつ個性が主張してぶつかるというより、それぞれのスタイルが共存しながらも融合するという、極めて平和な状態になっていると思えたのだ。

早速、ネット上から日本人のファッションデータを抜き出し、ファッションにおける多様性を数式化してみた。これは今論文化している最中なので、機会があればぜひまた詳しくご紹介したい。

第二部

問い続ける達人たち

ヘルマン・ヘッセという私の大好きな詩人・作家がいる。彼は一四歳の時、「詩人になるか、そうでなければ、何にもなりたくない」と言って神学校を脱走。職を転々としたのち、書店員として働きながら言葉をつむぎ、二七歳の時に『郷愁』という本が成功し作家生活に入った。

このヘッセの生き方に、私は強く憧れた。何よりも「詩人になるか、何にもならないか」という選択を課すなんてカッコよすぎる。しかし残念ながら、私にはそのような強い目標がなかった。するといつの頃からか、次のような不安が胸を離れなくなった。

「この先も目標がないとしたら、そのような人生をどう捉えればよいのか？」

どうやら認めなければいけないのだ。飽きっぽい私には、気宇壮大なる目標を持つことが難しそうだと。そのような諦めがついた時、ふと私の脳裏に次のようなアイデアが浮かんだ。

「人生を因果として捉えるか、あるいは因縁として捉えるか」

つまりこういうことである。人生を因果として捉えるとは、成し遂げたい明確な結果をイメージしながら、その原因（結果を達成するために大事なこと）を意識しながら生きるということだ。山や谷はあるだろうが、おおよそ直線的な人生になるのだろう。

その一方、人生を因縁（ネットワーク）として捉えるとは、どこに向かうかはわからないが、出会いというご縁を辿っていくと、いつかどこかには着くでしょうという発想だ。私のように飽きっぽく、大した目標を持たぬ人間は、「人生は因縁である」と捉えたほうがはるかに生きやすいのではないか。

そういう結論が出た時に、ふっと心が軽くなったのを今でもハッキリ覚えている。それ以来、出会ったご縁を大事にすることだけを心掛けて生きてきた。それは何も、頻繁に連絡をとったり、食事に行ったりというわけではない。むしろ私は、そうやってつながりをメンテナンスするのが苦手中の苦手だ。メールはほとんど読まないし、読んでも返事をしないし、積極的にイベントに出かけるタイプでもない。

そういうことではなく、「一期一会を大事にする」ということ。言い換えれば、人と直接出会うことの価値を強く意識する、ということでもある。すると不思議なことが起こった。出会った人が、次に出会う人を紹介してくれるようになったのだ。まさに、次々とご縁が起こり、縁起になり始めたのである。

これから始まる第二部は、そうしてご縁があったすばらしい人たちとの対談だ。もちろん、皆「とは派」である。多岐にわたるテーマについて「○○とは何か?」と問い続けてきた人たちの思考過程に注目いただきたい。

長沼伸一郎——考えるとは何か？

長沼伸一郎（ながぬま・しんいちろう）
一九六一年東京生まれ。一九七九年早稲田高等学院卒業、一九八三年 早稲田大学理工学部応用物理学科（数理物理）卒業。一九八五年 同大学院中退。一九八七年、二六歳で著書『物理数学の直観的方法』の出版によって、理系世界に一躍名を知られる。「パスファインダー物理学チーム」代表。著書に『経済数学の直観的方法——マクロ経済学編』『経済数学の直観的方法——確率・統計編』『物理数学の直観的方法』（すべて講談社ブルーバックス）等がある。

最初は、長沼伸一郎という恐るべき鬼才である。理系読者ならお世話になった方も多いと思うが、代表作『物理数学の直観的方法』は次のような想いで書き上げられたものだ。

「大数学者オイラーは、証明でわかるだけでは本物でないと述べています。直観的に理解できてこそ、真の数学者と言えるのだと。しかし、近代の物理は難しくなりすぎてしまい、みんな消化できなくなっています。証明を追いかけるだけで精いっぱい、というのが偽らざる現状でしょう。そこでわたしは、専門的すぎず、かといって単純化しすぎない、中間レヴェルの本を書くことで、直観的な理解を促せるのではないかと考えたのです」

弱冠二六歳で書かれたこの本は、発売後たちまち各大学の生協で売り上げ第一位を記録。その後、三〇年近くにわたってロングセラーとなっている「No.1にしてOnly one」の本だ。

若くして不朽の名著を書き上げた長沼さんは、その後「在野の研究者」として時を重ねた。大学に残って研究を続けることをあえてしなかった理由を、次のように述べている。

「現在の閉塞状況の中、これから科学が向かうべき道を根本から考え直すことは何よりも必要ですが、大学では誰もが目先の論文生産と雑用に追われてそれができません。そのため私は一旦大学の外に出ることを決意しましたが、一方で科学者のために本気でそれを行おうとした人間を、理系の人たちは決してむげにはしないだろうとも思っていたのです。」

この対談では、そんな長沼さんの三〇年に及ぶ静かな思索が垣間見える。

石川　人は気軽に「よく考えろ」と言います。でも、言葉のレベル感で言うと、「考えろ」というのは、サッカーの監督だったら「お前ら、勝て」という指示みたいなもので、ほとんど中身がない。そこで早速ですが、長沼先生は「考えるとは何か」をどういうふうに考えていらっしゃるでしょうか。

長沼　ゲーテの言葉で「巨匠は制限のうちにおいてのみ現れる」というものがあるんです。要するに、だだっ広いテーマを与えられても、ものを考えたり、生み出したりできるもんじゃないと。

たとえば、シンセサイザーとヴァイオリンを比べたときに、出せる音色はシンセサイザーのほうがはるかに多いですよね。ところが、ヴァイオリンのように制約のある音しか出せない楽器を使った方が、かえって名曲を生みだすことができるのです。

だから、広すぎる問題を考えるときには、いったん、制約のあるところで考えてみて、そこで得られたものを拡大するのがいいと思います。

石川　確かにそうですね。私も含めてほとんどの人は、大きい問題があったときに、制約を思いつけない。

長沼　ええ。だから「考えろ」と命令する人は、制約を与えるべきなんですよ。「こういう制約のもとで、こういう問題を考えるにはどうすればいいか。おまえはそれを考えてこい」と。

石川　そのためには、まず、自分が漠然とした問題を考えようとしていることに気づくことですね。でも、そのことに気がつくのが、そもそも難しいんですよね。

長沼　漠然どころか、そもそも多くの人は「自分が何を目的としてものを考えるべきか」を省みる必要を、あまり感じていないんじゃないか、という気がしますね。

†論文は最後に読め

石川　自分の中で疑問が浮かべば、学ぼうという気になるはずなんですよね。だから、自分を振り返っても、考えられてないときは、疑問が浮かばないし、問いが立ちません。

考える力って、どうすれば身につくんですかね?!

長沼　考える力を伸ばすにはどうすればいいかということに関して、これまでで私が一番鋭いと思ったのは、ドイツ空軍の撃墜王だったメルダースという人の言葉なんですよ。若いパイロットが育つためにどうすればいいか。彼は、怖い目に遭うよりも先に、とにかく一機を落とすことだといいます。それができたパイロットは、そのあと、どんどん伸びていくんだそうです。

逆に、最初の一機を落とす前に余りにも怖い思いをしてしまったパイロットは、飛行機に乗ることが怖くなって、ついに降りるしかなくなる。

勉強についても同じことが言えます。つまり、比較的若い時期に、誰も思いついてないアイデアを考えたという体験があると、そのあとも、いい意味で呑んでかかることができるようになるので、自力で考えていくことが怖くなくなるんです。

ところが、自分が考えていることを教師に話したものの、それはもうずっと昔に同じことを考えた人がいて、しかも、自分が完全に間違えているなんてことを指摘されると、もうその人は、萎縮してしまって自分で考えられない。考えようとする前に、図書館へ行って、先人の膨大な論文をあさっちゃうんですね。

そのうちに、自分が何を考えていたのかもわからなくなって、膨大なリファレンスに一行つけ加えればいいかというところで妥協するようになる。だから、論文を読みすぎちゃった人は、大抵、いい仕事ができなくなります。

石川　やっぱりそうですか。僕は尊敬する親友から「論文は最後に読め」と言われたんです。とにかく自分でアイデアを考えろ。それは大体しょうもないことが多いけれども、自分で考えたものは、必ず先人との間にわずかな差があるからそれを膨らませろ、とよく言われたんですよね。

長沼　それが、「とにかく最初に一機落とす」ことなんですよね。

†自力で微分方程式を考えだした

石川　先生の場合、自分で考えることの原体験は何だったんですか。

長沼　高校二年のときに、微分方程式の体系を自分の頭で考えだしたことがいちばん大きいです。

石川　それはぜひお聞かせください。

長沼　実は高校一年のときに大病をして、一カ月くらい学校を休んだことがあったんです。病気が治っていざ学校に行くと、勉強が遅れていた分を、一週間ぐらいで取り戻さなければいけなくなりました。

そこで物理の教科書を開いてみると、なぜか目次を見ただけで、物理がどういうことをやろうとしているのかが大体わかったんですね。じゃあ、これを自力でやってみようと。とにかく学校の授業よりも先に、自分で物理を考えつくんだということで、授業と競争を始めたんですよ。

石川　すごい……。

長沼　それからはもう、ほかの授業は全部サボってました。天体の軌道の問題と、砲弾の弾道計算。この二つがやっぱり肝だなと思ったので、これを自分で何とかする道を見つけようと。だから授業時間中は先生に隠れて、ずっとその計算を机に鉛筆でびっしり書き込んでいった。それで、とうとう高校二年の夏に、微分方程式の概念まで自力でたどり着くことに一応成功したんです。

この原体験がなければ、本を読んで論文を書く生活を送っていたかもしれません。とにかく高校生のとき、全く本を読まないで、全部自分で考え出すという体験をしたことがいちばん大きかった。

石川　だから『経済数学の直観的方法』（講談社ブルーバックス）の微分方程式の説明が、あんなに面白く書けたんですね。

長沼　そうなんです。あれは、まさに私が高校生のときに苦労して考えついたことをそのまま文にしたから、読みやすいものになっているんです。

石川　本を読むと、長沼先生はつくづく直観の人だなと思ったんです。原点がどこにあるのかを発見するのが本当にうまい。そこから順番に歩んでいけば、正しさにたどり着くでしょう、と。その原点を直観的に見つけている気がするんですね。

長沼　それは戦略家の直観と似たところがあるんです。戦略家の仕事って、重心を発見することなんですよ。ここを攻めればいいじゃないかという一点を見つけ出したら、あとのことは参謀幕僚に任せてしまう。その重心を見つけて攻めるのが本当の名将なんですよね。

石川　その重心を発見するというのは、いつ頃から概念化されてきたものなんですか。

長沼　重心という言葉は、兵学書を読んで知りました。プロイセンの軍事学者クラウゼヴィッツが、『戦争論』のなかで「重心（＝シュヴェアプンクト）」という言葉を理論化して、それ以後、戦略家たちはこの言葉を使うようになったんです。

石川　「重心はどこか」という問い方をするだけで、だいぶ発想が変わりますよね。

長沼　そうなんです。クラウゼヴィッツの場合、この戦争の重心は軍隊か、首都かという話がよく出てくるんです。要するに、首都を攻め落とすことがこの戦争を終わらすことになるのか。それとも、軍隊を撃破することが戦争を終えることになるのか。

たとえば、ナポレオンはロシア軍を放ったまま首都のモスクワに入ってしまった。重心は軍隊にあったのに、首都に入ってしまったから重心を取り逃して、結局全体がガタガタになったみたいなことを言ってるんですよね。

†天才vs人工知能

石川 先生はいま、どんな問題に取り組まれているんですか。

長沼 現在、人工知能が無限に発達したならば、果たして人間の天才とどっちが勝つのか、その最終的な対決を数学的に予測してみようという途方もないことをちょっと考えてました。これは、多分世界で初めての試みだと思うんですよね。

石川 そうですよね（笑）。いったいなぜ、そんな途方もない問いを立てたんですか。

長沼 今の世界って、人工知能がさらに進化したら、もう人間は何やっても負けるんじゃないかという敗北感が高まっているように感じるんです。

たとえば韓国は、国家的な威信をかけて、スパルタ教育で囲碁のエリートを育成していたんですよ。ところが「アルファ碁」に負けてから、囲碁の世界へ入ってくる若い人がいなくなってしまったと聞きます。

同じことが、たぶん人間の学び全体に起きてくるんじゃないでしょうか。どうせスマホのクラウドに負けるということになると、本を読んで知識を得ること自体に意味がないと思うようになる。これは、読書離れにお墨つきを与えることになるんですよね。

だから、自分で考える訓練を積んだ天才と、無限に発達したコンピューターとを対決させたらどっちが勝つかと。実はそこで人間が勝つ余地が数学的に最後まで残るということになれば、「人工知能絶対勝利」の予測が根底からひっくり返る。これを示すことは世界的にも求められているはずなので、やってみようと思ったんです。

石川　具体的にはどうやって証明していくんですか。

長沼　三部構成でやる予定なんですよ。第一部は、実は人工知能が数学的に限界を抱えているという話をします。今まで言われなかったことですが、シンギュラリティには社会的シンギュラリティと真性シンギュラリティという二種類があるんじゃないかと考えています。「社会的シンギュラリティ」は、世の中の仕事の大部分がＡＩでできるようになって、大量失業が発生するような状態です。もう一方の「真性シンギュラリティ」は、どんな人間の天才もコンピューターには勝てないことがわかって、人間の知性の哲学的な意義が根本的に失われてしまうことだと定義します。

この二つは本来分けて論じるべきものなんですが、発言する人のほとんどが混同している。そうなると、読む側もただ混乱を増すばかりで、地図がよく見えなくなってしまうんです。だから、段階を分けて論じないといけません。また一般にはＡＩの限界はもっぱら技術的・物理的なハードウェアの壁だと思われていいますが、実はもっと奥の根本的なところにもう一つ、数学レベルの壁があるんです。

それは純粋数学の「なぜ『三体問題』をはじめとする難問が数学的に解けないのか」という話とつなげて初めてわかるもので、ここで生まれる壁はたとえＡＩが将来技術的に無限に発達しても原理的に越えられません。これこそが真性シンギュラリティの話なんです。

石川　その壁を人間の天才なら越えられる、というふうに進むわけですか。

長沼　そうです。そのためには、人間の直観力をモデル化しなければいけない。もちろん直観力についてはほとんどわかっておらず、完全なモデルも作れないんですけど、状況証拠にいちばん近いものを数学的に表現することはできるんですよ。つまり、直観力が持っている性質によく似ている数学的モデルというのは、探してみると一応あるわけですよね。それを想定したうえで、じゃあどういう法則がそこから導かれていくのかということを論証しようという話です。

はたしてそんなモデルがあるのかと思うかもしれませんが、それ以前に人工知能に関してあまり指摘されていない重要な話があるんです。それは単純な話で、高齢の人工知能と若い人工知能を比べた場合、データの完全コピーがない場合には、高齢の人工知能が常に発想力において必ず勝るはずだということです。

石川 高齢の人工知能のほうが、長時間ラーニングできますからね。

長沼 そのとおりです。ところが人間は違うんですね。現実の天才たちを見ると、モーツァルトみたいに、若い時期に天才が発現する例のほうがむしろ多い。若い時期に天才性が開花して、その天才性をそのまま維持し続けるというのが天才の本質なわけです。

ということは、AI的な直観モデルは、天才の直観力には適合しない。それは全然違うモデルなんです。

†天才の直観をモデル化する

長沼 じゃあ、そういう天才の直観にいちばん近い数学のメカニズムは何かというと、フーリエ級数という技法が数学の中にあるんです。これは、複雑な関数のグラフを、いくつかの周期的な関数の組み合わせで表す方法です。

一つ一つの周期的な関数には、固有振動数があります。天才というのは、生まれつき、こういう固有振動数みたいなものがうまい形で頭に入っている人のことなんじゃないかと。つまり複雑な問題を解く場合、ＡＩは虱潰《しらみ》しに全部を計算しなければならないけれども、天才は頭の中にある四つ、五つの固有振動数の波形を組み合わせて、それに近いものをつくってしまう。一方それらの波形自体は一種の暗号で、ＡＩには原理的に解読できない。

石川　いや、これはすごい。確かにそうですね。この天才が何人に一人ぐらい生まれ得るかというのが数学的に出せるかもしれないですね。

長沼　ええ。それが重要なんです。要するに今の天才じゃ解けないけれども、あと何十年か待っていれば、もっと良い波形を持っていてその難問を解ける者が現れるかもしれないと。じゃあコンピューターと競争するとどうなるか。じつは今のＡＩは、問題のレベルが上がっていくと、指数関数的に手間やコストが増していくんですね。でも、天才の出現はだいたい算術的級数なんじゃないかと。今の一〇〇年に一人のレベルの天才では解けない問題も、一五〇年か二〇〇年待っていれば、何とかなるんじゃないか。

石川　面白い！　つまり、ＡＩは連続的に進歩するが、困難のカーブもある時点で急上昇するのに対して、人間は確率的に非連続に進歩するがその困難は直線的にしか上昇しない、というイメージですかね。

長沼 そうなんですよ。だから、ある地点でＡＩと天才が同じレベルに達して、そのときにＡＩにかかる追加コストが、ほとんど垂直に上がっていくとしたら、ＡＩはそれ以上は先に行けない。でも人間は、あと一〇〇年か二〇〇年待てば、その先を行く天才が生まれてくる可能性は十分あり得るわけですよね。そこら辺が勝敗の分かれ目になって、人間が勝つということが一応証明され得るという予想外の結論が出てくるわけなんです。

†間接的アプローチで考える

石川 全体としてはどういう構成になるんでしょうか。

長沼 まず数学的、物理的な解析が一本目の柱で、その後は、モーツァルトのような音楽的天才の性質、ナポレオンのような戦略の天才に、一本目の原理を適用していく構成です。だから、原理から出発して現実への適応というところまでが、一本でつながってくるんですよ。

石川 戦略に着目したという点が面白いですね。

長沼 世界をどう動かすかという問題には、作曲の能力がいかに勝っていても、直接は無力なわけですよね。やはり外の世界に働きかけて、それを変える力において人工知能よりも勝っていることが示されないと、最終的な人間の知性の尊厳は守れないと思うんです。

外に対して働きかける力として、科学のほかには戦略の力が、もう一つの大きなものとして残るというのが私の基本的な見方で、そうなると科学と戦略を考えれば、あとはこの二つの組み合わせで大体見ることができます。だから、この二極を押さえておくことが本質の把握になるわけです。

石川　ＡＩとの勝負でも、戦略が重要になってくるんですね。

長沼　今まで理系の人がほとんど論じてこなかったことなんですけれど、リデル＝ハートという軍事評論家が、直接的アプローチと間接的アプローチという概念を提唱したんですよね。

たとえば、城があったら、とにかくそれを力攻めにするのが直接的アプローチです。一方、間接的アプローチは、この城を攻めても落ちないことがわかったとき、この城があることで相手はどういうメリットを得ているのかと考える。それで、城はふもとの街を守るために作られたんだということがわかれば、街を先に落としちゃえば、この城は存在意義がなくなっちゃうわけじゃないですか。だから、ふもとの街を落とすことで、間接的に城の存在価値を失わせて勝つのが間接的アプローチという方法です。

リデル＝ハートは、昔の戦争を何百も分析して、直接的アプローチで勝ったものと、間接的アプローチで勝ったものを数え上げたんですね。そうしたら、直接的アプローチだと、ほとんど引き分けに近いものしかなかった。本当に勝ったと言える事例のほとんどは、間接的アプローチによるものだったということが明らかになっているんです。

科学でも実は同じことが言えますよね。ある方程式が解けないと言っているときは、みんな直接的アプローチなんですね。

石川 フェルマーの最終定理なんか本当にそうですよね。直接解こうとしても解けなかった。だからちょっと回り道していくと。

長沼 そうなんです。だから、科学の世界でも、実は多大な効果をあげているケースは、間接的アプローチを使っているんですよ。

石川 ある人は城しか見えてないんだけど、別の人は街まで見えている。その違いはどこにあるんでしょうね。

長沼 直接的アプローチになっているときは、攻め方がマニュアル化されているんですね。マニュアル本どおりの経路から行くんだけど、現実はマニュアルと違うので、行ってみたら食い止められてしまう。間接的アプローチは、自分で全部調べるからできるんです。こっちの道も実は通れるんだというのは、自分で調べないとわかんないわけなんですよね。

石川　だから、試行錯誤の最中は、ものすごい非効率に思えるわけですよね。なかなか着かないし。人って、見たいものを見る傾向があるから、そうでない道を探す場合、頭の中では何が起きているんですかね。

長沼　一種の違和感だと思うんですよ。なぜみんなこっちから攻めるんだろうと。間接的アプローチを使える人は、その違和感から出発しているというのが、多くの人たちを見た感想ですね。それは頭の中の固有波形とのずれで生じる不協和音なのかもしれません。

石川　数学とか物理の世界は、間接的アプローチで物事を解いた事例がたくさんあるのに、それがいったい何なのかはあまり整理されてこなかった気がします。

長沼　そうですね。数学の場合、体系そのものが直接的アプローチとして整備されているから、みんなそっちに乗っかってしまうんですよね。だから、よっぽど自信がないと、直接的アプローチを捨てられない。体系の効率性があだになってるっていうところはあると思います。

†悲観は分析、楽観は意志

石川　いまの話もそうなんですが、長沼先生のお話や著書は、それに触れたあとに希望が残るんですよ。何か人間の力を信じているところがあると思ったんですけど、そういうことをどこか意識されてますか。

長沼　これも兵学からの影響なんですが、とにかく指揮官は楽観的でなければいけないんですね。指揮官が悲観的だと、兵士に伝染してしまう。だから、兵士がもう負けそうだと悲観的になっても、指揮官一人は絶対勝つんだと楽天的にかまえ、それをみんなに伝染させなきゃいけないというのは、統率の大原則なんですよ。

学問の世界も同じだと思います。トップに立つ人は、どこかに楽観的な希望の部分を持っていないといけない。悲観的な結論が一時的に出て来るのはいいですよ。それは分析をちゃんとやってるということですから。でも、そのあとにちゃんと責任を持って、じゃあ、その悲観的な結論の部分を自分が何とかしますと。そうして最後に楽観的な結論に持っていって、初めて結論になると思っているんです。だから、悲観的なところで止めちゃったら、仕事を途中でやめてしまうことになるという意識が自分にはあります。

石川　多くの人は限界を感じると、なかなか先に進めないですよね。

長沼　たしかに人間には、自分を悲劇の主人公にしたがる性癖があります。一旦その悲劇の主人公になる快感を味わっちゃうと、どんどん中島みゆきの世界に浸ってしまう。「ノストラダムスの大予言」じゃないですけど、やっぱり悲観的な恐怖の話って、それなりに視聴率を取るんですよね。

石川 人間には、中島みゆきバイアスがあるんですね（笑）。

長沼 しかも、他人も面白がって聞いてくれるから、さらに悲観的なことを言いたくなる。

石川 シンギュラリティなんて、まさにそうですね。人類はＡＩに負けるという話をみんな面白がって聞いている。

長沼 でも、ダメだと思った瞬間に、アイデアって出なくなるんです。そこで楽観的なことを言うためには、精神的な体力が必要なんですね。

石川 体力があれば、短期的には負けたとしても、長い目で見ると勝てると。マラソンだということですね。

長沼 ええ。希望は見ようとしないと見えてこないものですから。悲観的な結論は分析の問題なんですよ。でも、楽観的な結論は意志の問題なんですね。

（二〇一七年四月四日）

出口治明——時代とは何か？

出口治明（でぐち・はるあき）

立命館アジア太平洋大学（ＡＰＵ）学長。ライフネット生命保険創業者。一九四八年、三重県生まれ。京都大学法学部卒業後、日本生命保険相互会社入社。ロンドン現地法人社長、国際業務部長などを経て二〇〇六年に退職。著書に、『人類五〇〇〇年史Ⅰ―紀元前の世界』『人類五〇〇〇年史Ⅱ―紀元元年～１０００年』（共にちくま新書）、『「全世界史」（上・下）』（新潮文庫）、『０から学ぶ「日本史」講義』（文藝春秋）、『リーダーは歴史観をみがけ』（中公新書ラクレ）等多数。

「すごい人がいる」という話を聞いた。「何がすごいのか?」と友人に尋ねると、「とにかくすごいからこれを読め」と言って渡されたのが『仕事に効く 教養としての「世界史」』(祥伝社)という本である。ハッキリ言って世界史に対する興味はなかったが、薦められるままに読んだらのめり込んだ。「歴史ってこんなに面白かったのか!」

そもそも、歴史とは何か。この問いと初めて出会ったのは、一九九九年二月。なぜ正確に覚えているかというと、受験した大学の入試問題に出たからだ。英語の文章題だった。「歴史に記されるのは、影響力をふるった人ばかり。しかし、市井の人が送る何気ない日常もまた記録されるべきではないだろうか。さて、歴史とは何だろうか?」

この問題文を読み、試験中にもかかわらず嬉しくなったのを覚えている。自分が挑んでいる大学は、やはりとんでもなく面白いことを仕掛けてくるなと。ちなみに国語の第二問は、「青春とは何か。二〇〇字で記せ」という問題だった。これまたすばらしい問題で、正直今でも正解に近づける気がしない。

話が逸れてしまったが、とにかく出口さんの本を読んで歴史の面白さに驚愕した。どのような面白さなのかというと、「大局観」という一言に尽きる。たとえば中国二〇〇〇年の歴史を、鳥の視点で一気に視野に入れるような爽快感があるのだ。一体、出口さんとは何者なのか?

†全体はシンプルにつくられている

石川 はじめまして。出口さんの歴史に関する本を読んで、「この人なら、僕の疑問に答えてくれるかもしれない」と思い、今日はやってきました。お聞きしたいことを一言で言うと、どうすれば大局的に物を見ることができるのか、ということです。

たとえば、学校で中国の歴史を勉強したときは、なんて複雑なんだろうと思いました。それが出口さんの本では、始皇帝のつくったグランドデザインが現在までずっと続いている、とシンプルに説明されています。鮮やかすぎて、びっくりしました。

僕もそうですが、じっくり詳細を詰めていくと、問題がどんどん複雑にややこしくなっていきます。

出口 「要するに何や？」という全体像が見えなくなってしまうんですね。

石川 そうなんです。でも一番知りたいのは「要するに中国とは何か？」という問いのはずです。

出口 中国はものすごく広いし、異質な人間がたくさんいます。だから始皇帝は、手綱を緩めたらみんな好き勝手なことをするに決まっていると考えて、エリート官僚を使い、文書行政による中央集権国家をつくったんですね。

いまの中国も同じです。中央がすべてを仕切り、地方に官僚を送って文書行政で統一的に支配する。変わったのは、政府の建前が共産主義になったというだけです。

たとえば、アメリカと中国の面積はだいたい同じなんですが、アメリカには地域によって六つの標準時間があるのに対して、中国は北京の時間一つだけ。それに中国全土が合わせています。これだけでも中国が中央集権国家だということがよくわかります。

石川　そうやって全体像をシンプルに捉える方法って、一度も習ったことないですね。出口さんはどうやって習得されたのですか?

出口　本が好きで、歴史の本などをたくさん読んできました。そうすると、自然に知識がつながって、大きな絵柄が見えるようになるのです。

僕は、人間はアホやと思っているんですよ。脳研究者の池谷《いけがや》裕二先生はいつも、人間の脳みそはポンコツだとおっしゃっている。アホな人間が複雑なことを考えられるはずはないので、人間がつくるものはだいたいがシンプルだと思っているのです。

†社会科学には前進しているという感覚がない

石川　二一世紀になって急に立ち上がった学問の一つに、ネットワーク科学があります。これがなぜ立ち上がったかというと、それまでの学問は物理学にしろ、心理学、社会学にしろ、マクロな視点とミクロな視点のどちらかしかなかったからです。

極大と極小だけ見ていても、その間にあるつながりがわからない。そこでネットワークという観点から既存の学問を見直そうという研究があらゆる分野で立ち上がっていきました。

出口　地球温暖化問題に似ていますよね。気候はめちゃくちゃ複雑なネットワークシステムでしょう。本当に温暖効果ガスが悪いかどうかがわかるほど人間は賢くないけれど、増えすぎたらロクなことがないことはわかる。だから、少なくとも二酸化炭素等の排出は増やさないでおこうということに決めたわけですよね。

石川　そうです。二〇世紀後半に複雑系という学問が立ち上がったんですけど、これは難しすぎた。その点、ネットワーク科学はまだアプローチ可能な考え方だったんですね。学問のイノベーションってやっぱり、シンプルにすることで一気に広がる側面が大きいんです。

ただ、なかなかそういうイノベーションは起こりません。とくに僕がやっている社会科学は、ただ広がっているという印象が強く、前進しているという感覚をあまり持てません。

出口　前進の定義は何ですか？

石川　感覚的な話になってしまいますが、「理解が進んでいる」という研究者の共通認識ですね。物理学は、それがかなりあるんですけど、社会科学で人や社会の理解が進んでいるかと聞かれたら、たぶんほとんどの人はノーと言うと思うんです。

出口　まあ、社会科学にかぎらず、人間の脳だってまだほとんどわかっていないと、池谷裕二先生はおっしゃっています。社会科学でいえば、フランスの作家ミシェル・ウエルベックの『地図と領土』（ちくま文庫）という小説の中に「ノーベル経済学賞などというものが存在するとはまったく驚きだ」という台詞が出てきます。

石川　なるほど。その一方で自然科学はどうして前進するんですかね。

出口　自然科学は相互に検証可能なデータを積み上げていくから巨人の肩に乗りやすいんでしょうね。

石川　それはありますね。理論と実験がうまいこと行ったり来たりしていますから。それが社会科学だとすごくやりにくいんです。たとえば歴史を実験しようとしても、くり返すことはできませんからね。

出口　人文科学や社会科学も面白いのですが。哲学の歴史の流れを見ていると、哲学者も周りの人を意識しながらやっているんですよ。プラトンはソクラテスを意識し、アリストテレスはプラトンを意識するというように、連綿と巨人の肩に乗り続けてきた歴史があります。ただ、自然科学のような検証可能性は見えないですね。

石川　だから戦線が拡大するだけで、進んでいるという感覚が持ちにくいんでしょうね。

出口　それはたぶん統合が必要なんでしょう。一旦は広げて、どこかでまとめてシンプルにする。

石川　その点で、出口さんは統合している人だなと思ったんです。

出口　素人から見ると、学問の世界が広がりすぎ、細分化されすぎて、要するに何だったのかということが誰もわからなくなっているんです。

なぜこんな考え方を持つに至ったかというと、僕はライフネット生命をつくる前は、東大の総長室アドバイザーという仕事をしていたんです。そこで副学長の佐藤慎一先生とよく飲みに行って、先生のご専門である近現代の中国史についていろいろと教えてもらいました。また、自分が本で読んだ中国の話もよくしました。

すると佐藤先生から、自分の専門分野以外は君のほうが詳しいねと言われたんです。研究者は専門分野しか見ないので、全体を見ることがない。だから、君のような素人のほうが、かえって全体が見えるんだよ、と。そんなものかと思って、自分で歴史の本を書こうと思い立ったんですよ。

†時代をつくる三つの波

石川　歴史ということで、ぜひ出口さんに教えてほしいことがあります。最近僕は、時代というものがどうやってできていくのかという問題に興味があるんです。

出口　一言で言うと偶然です。もう少し丁寧にいえば、人類が定住して以降の時代は、大きくは気候で動いてきたのです。

寒くなったら、北のほうで暮らしていた人間は生きていけない。たとえば二世紀から三世紀にかけて、地球は寒冷期を迎えます。すると、ユーラシア大陸の北の方にすんでいた人は、羊や馬を連れて南下するんです。そうしたら、天山山脈にぶつかるじゃないですか。山脈を越えるのは大変だから、そこで東西に分かれるんです。東へ向かった遊牧民が五胡十六国時代を作ったのに対し、西へ向かったのがフン族（匈奴）です。フン族が西進したことで、さまざまな部族が玉突きで追い出される。これが世界史で習うゲルマン民族の大移動です。ちなみに最近の学説ではゲルマン民族と呼ばれる人々の一体性には疑問が投げかけられていますが。

石川 気候で人が大移動をするんですね。

出口 はい。昔は国境線などありませんから、人が移動すると国が壊れたり、文化がまざったり、大きな変化が起きます。だいたい二〇〇～三〇〇年前ぐらいまでは、そうやって気候をベースにして人間の生活は変わってきたんです。その後、化石燃料と鉄鉱石とゴムを使って産業革命が起こり、気候の束縛から少しは自由になったので、その分変わってきたのですが。

フランスの歴史学者フェルナン・ブローデルが言っていることですが、時代を見る時に、まずこういう大きな波があります。その次に、中ぐらいの波がある。

石川 中ぐらいの波というのは？

出口 ブローデルの『地中海』でいえば、例えばハプスブルク家とフランス王家の確執ですね。ハプスブルク家はスペインとドイツを領有していました。そうするとフランス王家は、サンドイッチになって嫌じゃないですか。そこで両者が対立する。これもなかなか、かんたんには変えられない枠組みですよね。

石川　なるほど、社会的な環境みたいなものが中ぐらいの波なんですね。

出口　ええ。そのなかで、カール五世やフランソワ一世のような個性的な人物が現れて、時代をかき回す。こういう個人の思惑で動くような短い波がある。だから、時代というのは、長波、中波、短波という三つの波が合わさってできているというのがブローデルのモデルです。

長波も中波も、五〇年足らずの個人の人生ではさほど変えられない。だから運の要素が大きいわけです。もちろん、個人がどう生きるかで変わっていく部分もあります。けれども人類の歴史を見ると、やっぱり偶然的な要素が多いんじゃないでしょうか。

たとえば、トランプさんの勝利はほとんど誤差の範囲じゃないですか。投票数ではヒラリーさんが勝っていたわけですから。もしヒラリーさんが勝っていたら、トランプさんが大統領になった現在とはずいぶん違う世界になっていたと思います。

石川　時代は偶然でできあがっているということですね。

出口　そうです。ときどき、運は引き寄せられるとか、運を味方につけるとか、アホなことを言うおじさんやおばさんがいますが、そんなもんやないでと。隕石が落ちたら、人間の力ではどうしようもありませんからね。ダーウィンの運と適応が全てです。

†イノベーションが起きるのはたまたま

石川　私は予防医学という分野を研究しているんですが、予防医学をつくったのは、ロックフェラーなんですよ。彼は、慈善事業や福祉は非効率だと考えていた。もっと本質的なことをやりたいと考えて、予防医学のような新しい学問をつくることに取り組んだんです。たとえば、ハーバードの公衆衛生大学院をつくったのも、ロックフェラーなんですね。

出口　アメリカの大学は、大富豪が大学院のコースをつくっていますよね。

石川　その根本的な考え方をつくったのがロックフェラーなんですよ。予防医学のほかには、人工知能という学問も、実はロックフェラーが最初に投資してます。いったい彼は、どれほど先を見通していたんだろうと驚きます。一〇〇年前は治療が中心の時代で、予防が学問になるという発想なんてなかったんです。

出口　時々、そういう鋭い人が出てくるんですね。ただ、ロックフェラーさんが特段すごいかというと、そうでもない。

たとえば古代ギリシャの時代に、万物の根源は何だろうかと探求し始めた人たちがいて、タレスは水だと考えた。これ、かなり正しいですよね。人間のからだも七割ぐらいは水ですから。さらに、デモクリトスは原子というアイデアを出しています。そのことを考えれば、ロックフェラーさんも普通の鋭い人だったんでしょう。

たしかアインシュタインが死ぬ間際に、イノベーションについて質問されたことがあったのです。そのとき彼は、イノベーションなんて滅多に起こりませんと答えていたと思います。イノベーションと見えるもののほとんどは模倣で、僕の長い人生でもイノベーションと言えるのは、一つか二つぐらいしか思い当たりませんと。

石川 その話を聞いて思い出したんですが、最近面白い研究が出ました。サイエンス・オブ・サイエンスという分野で、偉大な研究はどうやって生まれるのかということを調べると、ほぼ偶然だという結果が出て、みんなびっくりしたんですよ。

最初の研究でノーベル賞を獲る人もいれば、大学を解雇されることが決まって最後にやった研究でノーベル賞を獲った人もいます。

出口 進化論の突然変異と同じですよね。一定の確率でアットランダムに起きる。

石川 そうなんです。だから、イノベーティブな研究をした人が、その次に出す研究もイノベーティブかというと、全然そんなことはないんです。

出口 そうでしょうね。突然変異で人類がここまで進化してきたとすれば、脳が考えることも突然変異的に決まってるんじゃないかと僕は思います。

†「主義」はどのように生まれるか

石川 今回、出口さんにもう一つお聞きしたいのは「主義」の歴史です。『仕事に効く 教養としての「世界史」』（祥伝社）では、神や宗教の誕生について解説したくだりがあり、とても面白く読みました。

あれと同じように、資本主義やロマン主義、共産主義など、何とか主義というものの始まりについて、出口さんはどういうふうに捉えていらっしゃいますか。

出口 何とか主義が出てきたのは、せいぜい国民国家ができてからでしょう。たとえばロマン主義は、フランス革命という現象が起こってからの話です。

フランス革命で王様を殺した。そうしたら、ヨーロッパは全部王様の国なので、王様を殺したフランスをのさばらせたら、自分たちも殺されると思うじゃないですか。じゃあ、革命を潰さにゃあかん。王政復古をせなあかんと思って、対仏大同盟ができるわけですよ。

そこに彗星のように現れたのがナポレオンです。ナポレオンは、結局フランス革命のエネルギーを国民国家をつくることによって、つまり「フランス人」であることをモチベーションに戦意を高揚させて、ヨーロッパ中を征服したわけですよね。

そのときにナポレオンは、ジャンヌ・ダルクを意識的に押し立てるんです。英仏百年戦争で絶体絶命に陥ったフランスを、ジャンヌ・ダルクという少女が田舎から現れて救ったという話を吹聴するわけです。

フランス国民はそれを聞いて、田舎から出て来た若者が国を救うというところから、ナポレオンを連想するんですね。これは一種の英雄主義でしょう。こういう時代背景の中で、たとえばロマン主義とかが出てくるんです。

石川　ああ、なるほど。

出口　だいたい、何とか主義というのはその時代を反映して出てくるものなんです。たとえば日本は戦後、GDPで世界第二位になった。これは奇跡でもなんでもなくて、デービッド・アトキンソンさんが説明しているように、G7の中で人口一億を超える国は、アメリカを除くと日本しかないんです。だから、GDP世界第二位になったのは主として人口が増加したせいですよね。

でも、GDPが二位になったことで、一部の経団連のおじさんたちが、政治は三流だが経済は一流だというようなことを吹聴する。それが一つの主義になっていくんです。

石川　本当は人口のおかげなのに、日本経済の実力はすごいと思い込んでいくんですね。

出口　そうです。でも、そのあとどうなったかといえば、中国に負けちゃった。当たり前ですよね。向こうは人口が一三億人もいるんだから。

そうすると、二つに分かれるんですよ。一方は「すっぱい葡萄」です。GDPではもう追いつけないから、中国をすっぱい葡萄扱いするんですね。そこでブータンを見習おうとか言い出す。もう豊かになったから、国民総幸福量を考えようとか言う人々が現れるわけですよ。国民総幸福量を提案したブータンって国連の人間開発指数では一三〇番くらいで、ひどい国やでと言っても、いやブータンは素晴らしいとか、言うわけです。

もう一方は、劣等感と愛国心がつながって、排外的なナショナリズムが生まれる。これは言うまでもない、嫌韓、嫌中になっていくわけです。サムスンに日本の家電が負けた。中国にGDPで負けた。その劣等意識が排外的なナショナリズムを呼び覚ますんです。

儒教が中国と韓国をひどくしたとか、日本人は世界でこんなに好かれているのに、中国人、韓国人はこんなに嫌われているとか、そういう本が氾濫しているでしょう。

これ、学校のクラスでたとえたら、どれだけ恥ずかしいかがよくわかります。「僕は、クラスの全員から好かれているけれど、横に座っているA君とB君はみんなから嫌われている」と公言しているんですよ。あり得ない話でしょう？

石川 友だちがいなくなりますよね。

出口 あれは、日本語の壁のせいで、外国人が読めないから恥をかかないですんでいるだけで、英語に翻訳されたら、世界の鼻つまみ者になりますよ。

†ためにする学問にはロクなものがない

石川 主義が時代背景の中から生まれてくることがよくわかりました。そういう観点から言うと、いまがどういう時代かということは、そのただ中にいるとわかりにくいんですか？

出口 そうです。みんなあとから、あの時代はああやったと言うんですね。お祭りの中で騒いでいたら全体は見えないでしょう。

石川 最近、ある人に「研究者が言ったことが一〇〇年間、正しかったことある？」と言われてハッとしました。たしかに考えると、あまりないんですよ。

出口 アメリカのダウ平均の銘柄のうち、一〇〇年前から同じ名前で残っているのは、GE一社だと聞いたことがあります。企業や事業は、だいたい合理的に経営されるものでしょう？　研究よりは確度が高いじゃないですか。その企業ですら、一〇〇年で一社しか残らないぐらいのレベルですよ。

石川　僕はどちらかというと、研究は真実を見極めるものであると思ってきたんですが、本当にそうなのかと思い始めているところもあって。

出口　やる気がなくなったんですか？

石川　いや、なくなってはいないんですけど、アプローチは大きく変えなきゃなと考えています。

出口　小坂井《こざかい》敏晶《としあき》さんの『社会心理学講義』（筑摩選書）という本を読んでみるといいですよ。小坂井さんは大学の先生なのに、「学問なんか世の中では役に立たへんで」と公言されているんです。じゃあ、自分はなぜ学問をやっているのかと言えば、やりたいからやるんだと。

石川　読みます！　でもその話だけを聞くと、ほとんどの学問は意味がないというか、趣味の世界というか……。

出口　でも、オランダの歴史家ホイジンガは、人間とは「ホモ・ルーデンス（遊ぶ人）」なんだと言っていますよね。好きなことは役に立たないんですよ。役に立たないけれど、好きなことを突き詰めていく中で偶然何かがケミストリーで生まれ、それを使う人が出てくるようになるんです。逆に、ためにする学問とか、ためにする議論とか、たいていロクなものがないですよね。

石川　そこまで言われると痛快です（笑）。何かのためにするというのは、別の見方をすると「直接的にアプローチする」ということでしょうか。ちょうど前回お話をうかがった長沼さんがその話をされていて、戦略には「直接的」なものと「間接的」なものがあり、ある目的のために直接的にアプローチするよりも、どういうわけか周りをうろうろと間接的にアプローチした方がうまくいくことも多いとおっしゃっていました。

出口　古代中国学者の落合淳思《あつし》さんは、『殷《いん》』（中公新書）という本のあとがきで面白いことを書かれています。「私は若いころから、現代社会のいびつさに不満があった。これほどまでに文明が発達していながら、なぜ社会を合理化できないのかという疑問を持ち続けていた」。

ところが、古代中国の商という国——日本では殷といわれていますが——の研究を続けていくうちに、考えが変わってきたそうです。商では、人身御供《ひとみごくう》とか、不合理なことをやっている。でも商の歴史を勉強すると、全体としては商にも古代文明なりの合理性があって維持されてきたことがわかったと。

今も昔も、社会にはいろんな問題や矛盾がありますよね。でも、その部分だけを取り出して解決策を考えても、なかなかうまくいきません。落合先生も、全体としてそこそこうまくいっているかどうかを洞察するほうが、学者として大事だと思うようになってきたということを書いておられるわけですが、この感覚はすごくよくわかります。

†整合性をとるにはどうするか

石川　そうなると、やっぱり大局観が大事だということになると思うんです。すると次なる問いは、「いかにして目先の問題を大きなストーリーに統合できるのか」ということだと思います。出口さんの本を読んでいると、ただロジックを積み重ねるということとも違う感じがするんです。

普通、ロジックを積み上げていくと、破綻してしまうんですよ。Aと言う人もいるし、その反対にBと言う人もいる。どちらも合理性はあるから、うまくまとめられない。だから出口さんは、切る力があるんじゃないかなと思ったんですが。

出口　最初に整合性を意識するんですよ。木を植えていったら森が見えなくなりますから、最初に森の整合性を見るんですね。

整合性ということに気付かされたエピソードがあります。三〇歳をすぎたころ、連合王国の大使館の友人とご飯を食べているときに、日本のテレビ・コマーシャルはクレージーだという話を彼が始めたんです。

あるおじいさんが、日本の若い子どもたちと同じ法被《はっぴ》を着て、拍子木を叩きながら、「戸締まり用心、火の用心」と叫んでいる。当時、そういうテレビ・コマーシャルがありました。

ところが同じおじいさんが、別のテレビ・コマーシャルでは、世界中の子どもたちと草原で「かごめかごめ」を踊りながら、「世界は一家、人類はみな兄弟」と叫んでいる。

石川 なんと(笑)、たしかに同じおじいさんが、「知らない人に用心せい」と言いながら、他方で「人類みな兄弟」と言っているのは矛盾ですね。これは、どういうことだと。

出口 僕は言われるまで気がつかなかったんですが、友人は、このおじいさんはクレージーやで、と。こんな矛盾するコマーシャルをやらせたらあかんと言われました。

僕は二つのコマーシャルを知っていたので、知識はあったんです。でも、考える力がなかったから、全体として見たときに整合が取れているかどうかを見抜けなかった。そういう意味で整合性を考えなきゃいけないということを、彼から教えてもらったんです。

石川　たとえば、人間の本質は善か悪かという議論は、ずっと昔からありますよね。善だという人、悪だという人、環境次第でどっちにも転ぶという人……、知識だけでいうと、それぞれある。それらの間で整合性を取ろうと思っても、なかなか取りにくいんです。

出口　孟子の性善説と荀子の性悪説がその典型ですよね。その内容だけを読むと、人間の思考って単純なので、矛盾したものと捉えてしまいますよね。

でも中国の議論を見ると、孟子はインテリを相手に善だと言ったのに対して、荀子は庶民を相手に、性は悪だから教育しないとあかんでと言っているんです。これだったら、矛盾はしません。

石川　なるほど！　AかBのどちらかを選ぶという思考ではなく、そうじゃない発想をするということですね。AもBもと考える道もあるし、あるいはCという別の考え方をする道もある。そうしないから、知識の海に溺れてしまうんですね。

出口　善い人か悪い人か、好きか嫌いかという二項対立はわかりやすいから、人々の心にもアピールしやすいんです。でもそのままでは、統合はできないですよね。

だとしたら、丁寧に状況や関係性を考えて、AとBを腑分けするか、新しいCという上位概念をつくって、AとBの対立を包摂するしかないんです。弁証法ですね。

AかBかという対立軸は、これ以外に解決策はないと思うんですよね。違う変数を入れることによって、AもBも取れるように状況を変えてしまうか。あるいは、AとBを包摂する新しい概念をつくるか、そのどちらかでしょう。

†見えすぎると考える力は育たない

石川　そうやって統合する力が大局観というふうに言われているんですけど、そのための方法論はまだ全然、成熟していない気がするんです。

出口　シンプルに考えるって、すごく楽しいことなんですけれどね。

石川　ますますシンプルに考えたいです（笑）。

出口　見えないものに対する想像力って、ものが溢れすぎるとなくなるんですね。昨日たまたま、『ぐりとぐら』（福音館書店）の作者である中川李枝子先生とラジオで対談したんです。

中川先生は保育園の先生をやっていらっしゃった。戦後一〇年しかたっておらず、何もないんですよ。何もないと子どもたちは、石ころを冷蔵庫やフライパンに見立てて遊ぶんだそうです。ところがいまは、台所セットの玩具とかあるでしょう？　そうすると、遊びも楽ですよね。

石川　楽だけど、想像力は使わないわけですね。

出口　だから人間は、見える化に弱いんです。頭はポンコツなので、見えたり便利になると、考える力や想像する力が使えなくなるんです。

石川　情報もそうですね。情報が増えると、イマジネーションが減っていきます。

出口　そうですね。でも人間って考える輩なので、考えることをやめたら終わりです。

石川　最近友人に聞いたのですが、子どもには退屈させたほうが創造力が高まるという研究が出たそうです。やっぱり、なにかれと与えすぎると考えない。刺激が強すぎて、脳がバカになるというか、どんどんアホになっているかもしれません。

出口　だから、役に立つとかあまり考えないほうがいいんです。ビジネスパーソンの勉強会に行くと、「どんな本を読んだら、これからの時代に役に立つと思いますか」という質問をしょっちゅう受けるんです。

いつもこう答えます。本を二冊、三冊読んで、仕事に役に立つとか、人生に役立つとか、そんな簡単なもんやったら人生楽ですよね、と。そんな都合のいい本はありません。だから好きなものを読めばいい。好きなものを読んで読みまくって、一生の間に一回か二回役に立ったらラッキーと思うぐらいでちょうどいいんです。

（二〇一七年二月八日）

御立尚資――大局観とは何か？

御立尚資（みたち・たかし）

ボストンコンサルティンググループ シニア・アドバイザー。京都大学客員教授。京都大学文学部卒業。米ハーバード大学経営学修士（MBA with High Distinction）。著書に『戦略「脳」を鍛える～BCG流戦略発想の技術』（東洋経済新報社）、『使う力』（PHPビジネス新書）、『経営思考の「補助線」』（日本経済新聞出版社）、『変化の時代、変わる力』（日本経済新聞出版社）がある。

コンサルという仕事がある。そしてそれは世界一カッコいい仕事らしい。そんな噂を聞いたのは、大学二年生の頃だった。当時の私はラクロス部に所属し、ボールを追いかける日々を過ごしていた。逆に言うとラクロス以外は視野に入っていなかった。

ところが、当時の主将だった松山達《まつやまいたる》さんが、ボストン・コンサルティングという会社に就職を決めた。茶髪で長髪、金色のネックレスをしながらラクロスに打ち込んでいた松山主将は、グラウンドを離れればビジネス本を読みふけり、口癖のように「俺は世界最強のビジネスマンになる！」と公言していた。あまりに規格外。当然のごとく、後輩である私たちは松山さんの影響を色濃く受け、「自分もコンサルに入りたい！」と思ったものだった。

しかし、ボストン・コンサルティングの試験を受けるも、みごとに筆記試験で落とされた。それなりに準備をしていったのだが、人生は甘くないというか、私の能力が足りないというか。

そんなボストン・コンサルティングで、日本代表として活躍された御立さん。もう学ぶことしかない。

†「空気を読む力」は武器になる

石川　恥ずかしながら、僕は数年前に御立さんと出会うまで、御立さんがどういう経歴の人なのか、知りませんでした。出会ったのは、二十～三十代の各分野のリーダーや研究者が集まって議論する「U-40（G1新世代リーダー・サミット）」というイベントでしたね。そこに御立さんがいらっしゃった。

御立　U-40の人たちが、年上の人間をゲストに呼んで「いじろう」という趣旨でしたね（笑）。役割は、stimulator（刺激剤）。異質な人間がまじると、面白い化学反応が起こるんじゃないかと。

石川　僕は最初、えらいご機嫌な方が来たなと思った記憶があります（笑）。その時に御立さんがお話しされたことがすごく面白かった。会社のグローバルな経営会議で、日本人としてどう闘うか。御立さんは、日本人の「空気を読む力」は非常に効果的だとおっしゃった。メンバーのフランス人からは、「お前は、誰が何を言うか、全部事前に読んでいるだろう」と言われたそうですね。

御立　ええ。僕はBCG（ボストンコンサルティンググループ）のグローバル経営会議のメンバーを七年務めました。そこでは一〇カ国から来た一二人ぐらいでガンガン議論するわけですよ。就任当初は、彼らと同じように激しく議論しようとしたけれど、それでは勝てない。そこで違ったやり方を試みたんです。まず、メンバーそれぞれのロジックや感情的な引っ掛かり、メンバー間の折り合いの良し悪しを必死に考えておく。そして議論の流れで、いちばん効果的なところで、準備した弾を撃つんです。そうすると、喧嘩することなしに、自分の意見がかなり通るんですね。日本人は空気を読めるのだから、それを武器として使えばいいんですよ。

石川　僕は「タイミングを待っているのはよくない。ガンガン行かなきゃいけない」という思い込みがあったので、御立さんのお話を聞いて「なるほど、そうか」と安心しました。その後におっしゃられた、若いときに日本的な趣味を持たなかったことを後悔して、いまは日本文化の勉強にハマっているという話も興味深かった。それは自分の幅を広げるという意味だけでなく、特に海外に出た時に、教養として絶対にあったほうがいいと。そこから僕は、日本的なものに興味を持ち始めたんです。

御立　海外のリーダーは、底が浅い人だと誰も付き合い続けてくれません。底の深さというのは、自分の持っているコンテクスト、具体的には文化的な厚みとその体験がベースになりますよね。いくら「日本人とは」と語っても、自分で本当に深く感じ、体験してから語るものでなければ相手にされない。

特にヨーロッパ人の優秀な人間はそうですね。イタリア人であれば、ローマ時代からルネサンスまでイタリア史を体験をまじえて語ることができる。ドイツ人であれば、自分たちの国の歴史について、プラス面・マイナス面も含めた見解を述べることができる。

石川　御立さんは落語に興味を持たれるようになったんですよね。

御立　もっといろいろ広げたいんですね。いまは、アートを勉強しながら大原美術館の理事を務めたり、お茶を初心者として習い始めたりしています。

誤解しないでほしいんですが、自国の文化的背景を深く掘り下げるというのは、偏狭なナショナリズムに走るのとは全く違います。日本以外のものは駄目だということではないんですね。

私が日本を好きだと思うのと同じように、自分の国を好きだと思っている人たちがいて、彼らと対等に付き合う。そういう付き合いのなかで、相手の国のカルチャーのことも学んでいくことができる。

以前、日本好きのヨーロッパ人から「いまの日本人は駄目だ」と言われたことがあります。「なぜ?」と尋ねると、「一九〇〇年ぐらいから、自分の国について語った本でいいものが一冊も出てない」と。

石川　もう一〇〇年も日本を語る良書がないんですか?

御立　一九〇五年プラスマイナス五年の間に、三冊も素晴らしい本が出ました。岡倉天心の『茶の本』(一九〇六年)、内村鑑三の『代表的日本人』(一九〇八年)、新渡戸稲造の『武士道』(一九〇〇年)です。これらはすべて英語で書かれている。彼らは英語で書かざるを得なかった。いろいろな方が指摘していますけど、二等国だった日本が「自分たちの文化の深さはこういうところにあるんだ」ということを欧米の教養人に伝えるべく最初から英語で書いた。これらの本はもの凄くレベルが高いんです。僕は、現代版の『茶の本』がいまこそ必要かなと思っています。

†大局観をどう磨くか

石川　僕は、御立さんは大局観の達人だと勝手に思っているんです。御立さんのようなコンサルタントってロジックの人だと思われがちなんでしょうけど、トップに上がっていくほど大局観が必要になってくるんじゃないでしょうか。

御立　大局観を別の言葉で言いかえると「メタ認知」ということですよね。メタ認知ができないと間違うんですよ。コンサルタントというのは、自分がドライバーシートに座ることはなく、ナビ役を務める。そこでは俯瞰したうえで方向性が違うことを指摘したり、あるいは「それは仮説じゃなくて、一応可能な範囲で、データで証明できて蓋然性が高い」とアドバイスしたりする。そのときに大事なのは、鳥の目と虫の目を行ったり来たりできることなんですね。

どんな人でも、自分の得意とする視座の高さがあります。一メートルだったら誰にも負けない人もいれば、上空一〇〇〇メートルという超ヴィジョナリーなために、周りの人が付いていけない人もいる。その両方を行ったり来たりしながら、その人が一二〇パーセントの力を出せるようにどう手伝うかを考える。シニアなコンサルタントというのは、そういう商売なんです。

石川　どうすれば、そういう大局観を養うことができるんでしょうか。

御立　技術・サイエンスの世界でもビジネスの世界でも、あるすごく流行っているジャンルでスターになる人がいます。でも流行が終わると、その能力を生かすことができない。狭い専門家のままだと、そこで終わってしまうんですね。

世の中がガラッと変わる時代には、複数の分野をつないで考えることが重要になります。それが大局観の基礎になる。だから僕はずっと「これからはリベラル・アーツ」だと言っているんです。これは単なる教養主義とは違います。

リベラル・アーツとは文字通り、自由に生きていく人間であるための技術で、中世の大学で始まった。これは、自由三科と自由四科に分かれます。

自由三科は文法学・論理学・修辞学で、自分が考えたことを人に説明し、周りを動かす技術を身につけるための学問です。自由四科は幾何学・算術・天文学・音楽で、これらは自分の周囲と自然をモデル化して理解・判断する能力を養うための学問です。

つまり、リベラル・アーツとは人を動かす力と、モデル化して理解・判断する力を併せもつリーダーを作るためにある。皆は群盲象を撫でているんだけど、複数の視座を総合すればそれなりに象というものを理解でき人に説明できる。大局観あるいはビッグ・ピクチャーとはそういうものだと思うんです。

石川　まさに教養ですね。僕の人生最大の後悔は、あまりにも目先ばかりを追いかけて、そのような教養を積んでこなかったことです。結果として、御立さんの言うようなビッグピクチャーというか、大局観を身に付ける機会を逸してきたなと。だからでしょうか、どうしても最先端ばかりに目が移り、一歩引いてみることができません。

御立　僕も問題意識は全く同じです。昔、先輩から「視座と視野と視点は違う」と言われました。視点は一つで「これは面白い切り口だな」というもの。視野はもうちょっとブロードに全体を眺めるもの。それをもっと上から俯瞰すると視座になる。

物事を大局的に見るためには、この三つを行き来しないといけない。視点がなく、視座だけ持っていても誰も説得できないんです。たとえば時間軸で言うと、「ああ、この人はいい経営者だな」と思う人は、一〇〇〇年の感覚、一〇〇年ぐらいの感覚、三〇年ぐらいの業界の栄枯盛衰、五年ぐらいの中期ビジョン、今年の予算というさまざまな時間軸を行ったり来たりしています。

石川　分野だけでなく、時間軸という点でも、往復が大事なんですね。

†例外を探せ

御立　そのときに一番難しいのは自分を客観的に見るということなんですよね。能の世界だと、自分を幽体離脱したように見なければいけない。

石川　「離見の見」ですね。

御立　そうです。自分がシテだったらワキもいるし、後ろに描いてある松屏風もあれば、観客もいる。その全体像を時間的・空間的に把握しながら舞ってこそ、本物だといいます。最先端の物理学では、観察者である自分のせいで現象が違って見えるといいますから、そこからすら一度離れる。禅の人たちが目指している境地も、そういうものなんですよね。彼らは、自分というものが出てきた瞬間に相手との関係性やテーゼが変わってしまうので、それを離れて見る訓練をしている。

石川　親しくしている川上全龍さん（春光院副住職）によると、「主観と客観があるけれども、客観というのは人間には無理だ」と言ってました。主観は〝subjective〟ですが、人間は〝non-subjective〟までしか行けないと。

御立　バイアスをなくすということですよね。そのための訓練の体系として、禅は非常によくできていると思います。

石川　そうやって自分から離れることも含めて、視点、視野、視座をスイッチしていく。そうすることで、物事が立体的に見えるし、時間的にも奥行きのあるビジョンが持てるわけですね。

科学者のトレーニングに関して、物理学者のファインマンも似たようなことを言っています。何か一つの物事がある時、少なくともこれを異なる三つぐらいのモデルで説明しなければ理解したことにならないんだと。

でも、ほとんどの人は、一つのモデルで満足してしまいそうです。そうすると、たいていの人はそのモデルに当てはまる現象ばかり見てしまう。その一方で、よくトレーニングされた研究者は例外を好んで探すんです。ある一つのモデルに当てはまらない例外を探していると、必ず見つかる。なぜこのモデルだと、この例外が生まれるのか。この例外を説明する包括的なモデルは何か。そう考えていると、また違うモデルができる。

御立　我々の世界でも、既存のモデルをぶち壊すために例外を探すことをけっこうやるんですよ。商品開発で言うと、僕の仲間の次のような例があります。

アメリカで一〇年ぐらい、ゴキブリ用の殺虫剤の売れ行きが伸びなくなった時期があった。これにたいして彼は、消費者のマジョリティを見るのをやめて、例外を探そうと提案した。そこで見つけたのが、南部に住むおばあちゃんです。アメリカでは何かを買うとクーポンが付いてきて、それをメーカーに送ると次に買う時に割引してもらえるというシステムがあるんですが、そのおばあちゃんは、一カ月にクーポンを何十枚も送ってきたんです。

会いに行くと、そこはスワンプ地帯で、じめじめしたところにあるトレーラーホームでした。そのおばあちゃんは足が悪くて、椅子の横に杖を置いていた。そこでいろいろと話を聞いてたんだけど、ゴキブリが視界に入ると、そのおばあちゃんは足が悪いのにパッと立ち上がり、シューッと一分半ぐらいずっとスプレーをかけていたそうです。

彼と一緒に行った製薬会社の役員が「おばあちゃん、そんなにかけなくても一〇秒で死にますから」と言ったところ、おばあちゃんは「でも脚が動いてる」と。彼はその時「この人はゴキブリを殺す機能ではなく、ゴキブリが動かなくなる機能を買っているんだ」ということに気づいた。それでその会社は、麻痺剤が入ったゴキブリ殺虫剤をつくったんです。それを使うと死ぬ前に動きが止まる。

まともな人はそんなことをしないけれど、例外的な人を見に行ったら、そういうことを発見できた。その後、日本の別の会社がゴキブリを樹脂で固めてしまうタイプのものを出した。これなら始末する時、ゴキブリに触らなくて済みます。つまり「ゴキブリを気持ち悪くなく処理できる機能が欲しい」という人もいたわけです。

石川　まさに、例外にこそ本質が宿る話ですね。例外を見ることで、「殺虫剤とは何か」ということを再定義できる。

御立　そうなんですよ。

石川　予防医学でも、例外を探すことはすごくよくやります。たとえばスラム街の子どもたちの栄養失調について、どういう対策を取るか。普通に考えると貧困が悪いとか、衛生状態が悪いという話になって、それを改善するために社会を変えなきゃいけないということになる。でも、スラム街に住んでいながら栄養状態がいい人は絶対にいて、まずそこを見に行くんですよ。

御立　スラム街で栄養失調状態から抜け出せている人は、どういう生活をしているのかを見るんですね。

石川　これはポジティブな例外（positive deviance）と言われます。ポジティブな例外とそれ以外の人たちでは、環境は一緒でも行動がちょっと違う。スラム街だから母親も当然貧困ですし、子どもたちも特別なものを食べさせてもらっているわけではないんですが、ちょっとした行動の違いが大きな結果の違いを生んでいる。

御立　たとえばどういうことですか？

石川　ベトナムの事例ですが、セーブ・ザ・チルドレンという団体が「半年で結果を出せ。出なかったら国に送り返す」と言ってあるアメリカ人を送り込んだ。彼はいろいろと調べて、栄養失調になっている子とそうでない子では食事の回数が違うということを発見したんです。

栄養失調になっている子はたいてい一日二食だった。一方、栄養状態がいい子は同じ量を三回に分けて食べていた。子どもは一度に消化吸収できないため、回数を分けて食べることで消化吸収が良くなるんです。あと、食べる前に手を洗うこともそうですね。

御立　下痢しなければ、ちゃんと身体の栄養になるから。

石川　彼は「この行動さえ取ってもらえば、子どもたちの栄養失調は解消される」とお母さんたちを教育するシステムをつくったところ、子どもたちの健康状態は回復しました。この動きはベトナム全土に広がり、ベトナムの子どもたちの栄養状態が劇的に改善したんです。

大きな問題は大きな解決策を必要とすることが多いんですけど、大きな解決策ってだいたい実施されないんですよ。

御立　できたとしても、すごく時間がかかりますからね。

石川　だから、小さいところからやっていかなきゃいけない。学問の世界でもビジネスの世界でも、例外を見るというのは、視点を転換する大事な技法なんですね。

†人生一〇〇年時代の生き方

石川　これから人生一〇〇年時代になっていくことを考えると、六〇歳から七〇歳の間に黄金期を迎えることを念頭に置いて人生設計しないと、極めてつまらない人生になってしまうんじゃないかと思います。人生って、いろんな人を見てても、最後がよければすべてよしということになっている（笑）。若くして輝き過ぎちゃうと、その後の人生が味気ないものになってしまうんでしょうか。実際、六十代で定年退職して、やることがなくてテレビばかり見ている人がたくさんいます。本人たちも、それが最高の状況だとは思っていないでしょう。テレビでは、仕事をしていた時の充実感には勝てませんから。

でも御立さんを見ていると、つねに学びのテーマを持っていて、楽しそうに生きています。そんな御立さんに「こうやって生きると人生が楽しいんだ」というアドバイスをしていただきたくて。

御立　そんな偉そうなことは言えないなぁ（笑）。おわかりのように僕は行き当たりばったりで生きているので、面白いなと思ったらそれにしばらくハマってしまう。そういう性分なんです。

ただ、京大のビジネススクール（京都大学経営管理大学院）で僕と同じように客員教授をやっている佐山展生《のぶお》さんの言葉を思い出しました。彼の口癖は「一〇年後から見たら今日の自分はすごく若かったし、いろいろなことができる可能性があった」というものです。どんなことでも始めるのに遅すぎることはない。生きている限り、一〇年後から見たら「あんなに若い時だったら身体も動いたし、まだ頭も働いたからやっておけばよかった」と思うことばかりだろうから、面白いことを見つけたら今日から始めればいいんだと。

石川　九〇歳の人からすれば、八〇歳の頃は若かったと思うわけですね。

御立　有名なアントレプレナーの方が「夢に日付を付けよう」と言ってますよね。「一〇年後にはこれで生きていかなきゃいけないから、一年ごとに全部計画して、毎日それを見ろ」とか言うけど、僕はそういうのを全く信じてない（笑）。それができなかった時にはどうするのかなと思うし、あらかじめそうやって決めてしまうと、もっと新しく面白いことが出てきた時、チャンスの後髪を摑めないですよね。「希望するけど予定しない」というのが僕の人生訓です。

†学び直しと多職の時代

石川　僕は、新しい教養という場合、学問として新しいという側面だけではなく、人生一〇〇年時代の教養を再定義しなければならないと思っています。ただ日本では、一度会社に入ると、なかなか学び直しの機会が少ないのも大きな問題です。

御立　今、大学教育の見直しについて議論が起きてますよね。一八歳人口が減ってしまうから、既存の大学を専門学校的な職業訓練大学にしようみたいな話が出ている。

そんなことをするんだったら、ハードルを下げたアメリカのコミュニティ・カレッジみたいにしたらいいと思うんです。要は趣味でもいいから、学び直しのできるところをつくる。たとえばちょっとお茶をやりたいと思った場合、カルチャーセンターの高級版みたいなコミュニティ・カレッジにいろんな年齢層の人がスッと入れる。あるいは、四〇歳ぐらいで一度転職する間に、ギャップイヤーみたいに一年大学に通い、別のスキルを身につける。

学び直しはいつでもいい。今がそのときだと思うタイミングって、人によって違うじゃないですか。そういう場が山ほどある社会こそが、幸せな人をつくることができるんじゃないでしょうか。

そのためには、学び直すためのハードルを下げる。もう一つは多職ですね。僕は、これからは組織に縛られずに、五つ、六つぐらいのいろんな仕事をしようと思ってます。今はそういう時代なんですよ。

石川　明治・大正の頃の日本人って、平均して三つ、四つぐらい仕事を持ってたみたいですね。そもそもその頃は九〇パーセント近い人が個人事業主だったので、一年の中で三つ、四つの仕事を回しながら生きていた。一つの会社にずっと長いこと雇われるという生き方・働き方は戦後の特殊なパラダイムだったのに、いつの間にかそれが普通ということになってしまって。

御立　極めて効率のいい工業化社会・大量生産大企業のモデルは終わった。みんな口々にそう言っているんですけど、仕事自体や年金など社会保障のシステムは昔から変わってない。だからやっぱり個人が仕事から変えていって、ぶち壊すのが一番早いんじゃないかな。

石川　これは自分がまさにそうなんですが、そもそも何に興味があるのかわからないのは、その根底に教養の問題があるんじゃないかと思うんです。視座があまりにもないというか、どう世界を見たらいいのか全くわからない。

御立　そこには二つの課題があります。まず小さい頃、「楽しむことはいいことだ」という価値観を刷り込む期間が必要です。楽しむために努力する。たとえばスポーツが好きな子は、野球をもっと楽しむためにやっているはずなのに、いつの間にか努力が目的になってしまう。儒教社会系のところでは、そういう傾向がありますよね。特に日本では「何とか道」にしちゃうので、苦しむことや鍛錬がよしとされるきらいがある。この呪縛はそろそろ解いたほうがいい。

もう一つは、日本人は今まで、自分で選ぶということを強いてきていない。僕がハーバードに行った時、びっくりしたことがあります。ハーバード・ビジネス・スクールの横に付属幼稚園があって、そこには友達の子どもが通ってたんですけど、二歳児が"Show and Tell"をやるんです。つまり、自分の一番好きなものを持ってきてみんなに見せて、それについて三分話す。

そのためにはまず、自分の一番好きなものを選ぶことから始めなきゃいけない。先生から"Pick up one thing you love most."と言われると、面白い子は親を連れてくる。あるいは、ペットを連れて来る子もいる。とにかく何でもいいんだけど、それについて考えて喋らなきゃいけない。その年齢からそういう訓練をされたら、かなわないですよね。自立の前に自主選択というのが刷り込まれているから、アメリカのクリエイティヴィティは強い。

この二点にかんしてはひと世代かかるかもしれないけど、二〇年ぐらいやり続けていたら全部変わるんじゃないかと思います。

石川　まさに大局観がないと、できないことですね。

†テクノロジーが学びを変える

御立　学び直しで僕が期待しているのは、テクノロジーのサポートです。よく「スキルを熟達させるには、一万時間ぐらい必要だ」と言うじゃないですか。学問もそうですよね。僕がＡＩなどに求めるのは、その時間を短縮することです。

石川　ダライ・ラマ一四世はそれをやろうとしてますよね。彼がなぜ瞑想の研究をしているかというと、修行はあまりにも時間がかかり過ぎるからです。膨大な時間をかけて修行しないと、心の平安を得られないというのが彼のフラストレーションだとか（笑）。瞑想しているときの脳内がわかれば、修行時間をもっと短くできるかもしれない。彼は「悟りをハックする」と言っています。

御立　テクノロジーや学問は、入口のところのハードルを下げるのに役立つ。そうしたら僕も、こんなにゴルフで苦労しないで済む（笑）。楽器なんかもそうなんですよ。

楽しいところまで行ったら勝ちという世界って、いっぱいあるじゃないですか。何でもそうですよね。論文だって基本知識がある程度まで揃っていて、そのうえで自分の問題意識があったら読むのが楽しい。別に勉強のために苦行として読んでいるわけじゃない。楽しいと思えるようになるには、ある程度何かが要るんですよ。そこを手助けすることがすごく大事だと思います。

石川　僕は今、数学にものすごく苦労してますね。高校までは数学ができたんですけど、大学からは全く付いていけなくなって。高校の数学と大学の数学では、時間にして二〇〇年ぐらいのギャップがあるんですよ。

御立　石川さんほどのレベルではなくても、数学に苦労する人は大勢いますよね。僕は、六〇歳〜七〇歳の人も含めたいろんな人が楽しんでいける日本社会をつくるには、数学の学び直しができるシステムをつくったほうがいいと思うんです。テクノロジー・アシステッド（technology assisted）で、ここの根本だけやるといろんなことがわかるようにする。ソフトウェアを触ったりビッグデータを扱ったりしても、数学の基本がわかってないと駄目でしょう。僕も苦労しているんですけど、それだとしんどいじゃないですか。そこをスピードアップするための手伝いをしてくれると、ものすごく社会が変わると思います。

最近のeラーニング（e-learning）では、どの人がどこでつっかかるかというデータが全部取れるから、そこだけ研究すればいい。そうすれば、最初はゲーミフィケーションのように、ゲーム感覚でやっているうちに、気づいたら「予防医学がわかります」「数学がわかります」みたいな世界がつくれるはずなんですよ。

（二〇一七年八月二五日）

寺西重郎——日本的資本主義とは何か？

寺西重郎（てらにし・じゅうろう）
一橋大学名誉教授。一九六五年一橋大学経済学部卒業、七〇年同大学大学院経済学研究科博士課程単位取得退学、八三年経済学博士。八四年教授、二〇〇四年名誉教授。二〇〇六年より日本大学大学院商学研究科教授などを経て、二〇一五年より一橋大学経済研究所非常勤研究員。
主著に、『歴史としての大衆消費社会――高度成長とは何だったのか？』（慶應義塾大学出版会・二〇一七年）、『経済行動と宗教――日本経済システムの誕生』（勁草書房・二〇一四年）、『戦前期日本の金融システム』（岩波書店・二〇一一年）などがある。

おそらく誰しも、「忘れえぬアドバイス」をもらったことがあるだろう。たとえば私の場合、それは留学先の教授に次のような相談をした時のことだった。

「やりたいことが沢山あって中々しぼれません。でも時間やエネルギーは有限なのでどうすればよいか迷っています。何かアドバイスをもらえないでしょうか？」

今から思えば、いい大人が何と甘えた泣き言をぬかしているのかと恥ずかしくなるが、当時は自分なりに一生懸命取り組み、まじめに悩んでいたのだった。すると教授はニコッと笑い、しかしとんでもなくヘビーな言葉を投げてくれた。

「やりたいことは全部やりなさい。そんなのは当たり前だ。その上で、やりたくないことをどれだけできるか。それがあなたの可能性を広げる」

……た、確かに‼　このアドバイスをきっかけに「やりたくないこと」にも興味を持つようにした。その代表格が「消費」である。私は子どもの頃から「特に欲しいものがないのでサンタさんに頼むものがない」といった具合に、消費活動にあまり興味をもてなかった。しかし、「消費とは何か」という問いは追及できそうな気がしたので、自分なりに考えた挙句、Amazonをのぞいて寺西先生の『歴史としての大衆消費社会——高度経済成長とは何だったのか？』というすばらしい本に出会った。「これはお話を聞くしかない！」と思ったのだ。

†就職に落ちて大学院へ

石川　寺西先生の『歴史としての大衆消費社会――高度成長とは何だったのか？』（慶應義塾大学出版会・二〇一七年）を読んで大変な感銘を受けました。先生は本のなかで、「（この本を書くことで）十数年にわたって刺さっていた心の棘がやっと抜けて、研究者冥利に尽きる」と書かれています。私もいつかそういう境地に立ちたいと常々思っています。

そこでまず、先生の個人史的なことから伺います。先生が経済学、とりわけ経済史に興味を持たれたのはなぜですか？

寺西　僕は一九六一年に一橋大学に入学しました。当時、小平分校に通う学生は寮に入ったんです。寮に入る時には「お米の配給のカードをちゃんと持ってきなさい」と言われるような時代です。

石川　高度成長時代が始まってすぐくらいですね。

寺西　ええ。だからまだ日本がどうなるかはわからないような状況でした。当時は、ソ連が華々しい経済成長を遂げているということが定説になっていて、社会主義革命にもリアリティがありましたから。

石川　学生運動も盛んな時代ですよね。

寺西　六〇年安保が終わった直後ですからね。『一橋《いっきょう》新聞』という学生新聞の編集長と話したこともありますが、とにかくみんな、どうやって革命を起こすかという雰囲気でした。市民派という時代をリードする丸山眞男のような人たちも「過去は間違っていた」と言ってましたしね。

一方、大学の上級生を見ると「とにかくいい会社に入って出世するのが人生の目的だ」という人もかなり多かった。どちらを見ても、何のために大学に入ったのかがわからない。

石川　すごい時代ですね。後ろを見たら道はないし、前を見ると資本主義か社会主義かと揺れている。

寺西　六〇年代はみんなそういう感じでした。社会主義に憧れを持っている人と、僕みたいに「やっぱりちょっと気に入らないな」と思っている人が半々ぐらいでしたね。

石川　先生は学者志望だったんですか。

寺西　いえ、就職活動はしたんです。学部を卒業する一九六四年は、高度成長の真っ只中ですから、僕の友達はみな五つも六つも会社を受かって「どこに入ろうか」と選び放題でした。でも、僕はいろんな銀行を受けたんだけど、全部落っこちちゃって（笑）。

石川　なんと！

寺西　行くところがなくて、大学院に行こうと。それで大学院に行ったら、勉強がやたらと面白くなったんですね。

石川　当初から経済史をやろうと思っていたんですか。

寺西　違います。当時はマルクス的な経済史が流行っていたんだけど、僕はあまりマルクス経済学には関心を持てなかった。

ちょうどその頃は、アメリカとソ連が経済成長競争をしていた時代です。資本主義が勝つか、社会主義が勝つか。第三世界、つまり新たに独立したアジア・アフリカ諸国はそのどちらに付くか迷っていた。ですから、アメリカにとっても日本にとっても、日本の資本主義が経済的に成功することは大変重要な意味を持っていました。そういう時代状況とも関連して、経済学のなかでは、経済成長という分野がものすごく流行っていたんです。それで僕も、数学を使って経済成長に関する理論的な研究に没頭しました。

石川　経済史よりも、数学的な理論研究から入ったんですね。

寺西　経済理論が急速に進歩していく時代でもあったんです。成長論だけでなく、ゲーム理論が出てきたし、計量経済学も出てきた。やってみると面白くてしょうがないので、そういうことばかりやってました。

石川　それはどういう面白さなんですか。数式で物事が予測・説明・理解できるということですか？

寺西　僕は数学にそんなに強くなかったんだけど、社会科学の中でも経済理論というのは非常に体系化されていて、いかにもそれによっていろんなことを説明できそうな感じだったんです。とにかくあらゆることが説明できるように思える学問だったから、それにのめり込んでいったんですよ。

幸いなことに、大学院を出た段階で論文もいくつか書けていたので、一橋大学経済研究所に就職できました。そこで日本・アジア経済研究部門に配属されたんです。

当時、この部門にはロックフェラーの資金がずいぶん入っていました。アメリカにとって日本は、宣伝のための大事な存在だったからです。ロックフェラー財団自身はあまり右翼的ではない中立的な組織でしたけど。

石川　僕の専門である予防医学も、ロックフェラーの資金でつくった学問なんですよ。

寺西　ロックフェラーは、けっこういろいろな学問を支援したんですね。ことにイデオロギーが関わるとアメリカ人は必死になるから、ロックフェラーも日本の一橋大学にお金をつぎ込んだんでしょう。
就職してからは、僕の関心も徐々に日本の経済発展の歴史に移っていきました。特に金融史の分野です。アメリカ、日本に加えて途上国のことも研究しました。そうすると、だんだん「アメリカで発達した経済学は使い物にならねえな」という感じがしてきたんです。
僕も五十代ぐらいの頃はよくアメリカに行き、世界銀行などで仕事をしました。そこでは途上国の経済発展などといった問題に取り組んでいた。日本はその頃、ものすごく経済力があったので、経済援助やODA(政府開発援助)にも強い関心を持っていた。アメリカは日本を頼りにして、日本にODAを出させるために僕なんかを呼ぶわけです。

石川 八〇年代、九〇年代ですよね。

寺西 そうですね、バブルが破裂する前後です。日本の経済発展の歴史について少しずつ勉強し、途上国のこともわかってくると、二十代から教わってきたアメリカの経済学が使えないんじゃないかという疑念が強まってきました。あのころがいちばん苦しかったですね。よくわからなくなって、悶々としていました。
たとえば、八〇年代は日本型経済モデルというのが流行ったんです。トヨタなど日本型企業がものづくりに強い原因を日本的なモデルに求めようとする研究です。日本企業は、みんなでカイゼンをするとか、メインバンク制のもとで銀行と企業が一体になっているとか、終身雇用とか、日本型経営のさまざまな特徴が研究されました。でも、これらの特徴がどこから出てきたのかと聞かれると、誰もうまく説明できない。

†戦後に起きた非連続的な変化

石川　この本（『歴史としての大衆消費社会』）には、先生の思考回路がかなり丁寧に書かれてますよね。しっかり経済学の基本を守った後、それでも説明できない矛盾があるので破っていく。そして、日本の一〇〇〇年の歴史の中で、戦後七〇年を問い直す。

寺西　ちょっと大げさだけどね。

石川　すごい視座だなと思いました。日本の一〇〇〇年の歴史の中で、現在ほど物質・経済第一主義だったことはない。これはいったいなぜなのか。そういう根本的な疑問ですよね。

先生は「高度成長とは何だったのか」という問題に関して、「日本人には生活様式の非連続な変化があったのではないか」と書かれていますよね。たとえば若い女性はそれまで琴と生け花をやっていたけれども、突然レコードと自動車を欲しがるようになった。他の国ではちょっと見られないような圧倒的なデマンド・クリエーションが起こったから、よく言われる日本的経営、日本の経済成長のモデルができたんじゃないか、と。

寺西　ええ。経済学者はあまり言わないけど、敗戦のショックというのは本当に大きかった。だって、琴と生け花からレコードと自動車に、みんな一瞬にして変わったんですから。一瞬にしてみんなの生活様式が変わった。それが高度成長なんですよね。

石川　明治維新では、そこまでの生活様式の変化は起こらなかったとも指摘されています。明治の人たちはさしあたっての西洋化を受け入れたけれど、全面的にアメリカ化をした戦後の消費のマインドとは違ったんでしょうね。

寺西　そう思います。戦後は、何から何までみんながアメリカに憧れた。着るものもそうだし、自動車を持つことはみんなの夢だった。本当にそういう時代でしたね。

石川　マイホームもそうですよね。国を挙げて持ち家政策を推奨したのは日本とアメリカぐらいです。原点に立ち戻ってみると、いろいろなことがわかる。よく考えると高度成長、戦後七〇年はけっこう特殊な時代です。日本の一〇〇〇年の歴史を考えた時、日本人にとってそもそも消費思想とは何だったのか。この問題、先生は仏教思想から繙《ひもと》かれている。そこがすごくユニークで新しい。仏教と消費を結びつける着想はどのように得たんですか。

†キリスト教的消費と仏教的消費

寺西　さきほどお話ししたように、僕は金融史をやっていました。日本の金融の中心は証券・株式市場ではなく銀行ですよね。では、そういう日本的な金融のルーツ、あるいは企業のルーツはどこにあるのか。この問題を追究していくために、六十代になってから宗教思想を勉強したんです。いろいろ勉強していくうちに、日本の伝統的な消費態度や行動、消費にかかわる生活様式は英米諸国とは全く違うということに気が付いたんです。

石川　キリスト教に基づく消費態度と仏教がベースとなる消費態度は大きく違うと。

寺西　そうです。絶対神あるいは神の子であるキリストが、人々を苦しみから救済する。これがキリスト教の原理です。ですから人々の経済行動は、どうやったら神に気に入ってもらえるかということと関連しています。キリスト教では、人類も含めてあらゆる事物が神の被造物です。僕も石川さんもつくりものという点では変わりません。だから極論すると、僕が石川さんに気に入ってもらえるかどうかはどうでもいいわけです。

本当に大事にしなきゃいけないのは、神に気に入っていただくことです。では、神に気に入ってもらうためにはどうすればいいか。神はいろいろなものをおつくりになったけど、最大の傑作は人類です。ならば、人類の幸福に役立つことをすれば、神はお気に入りになる。これが基本的なモチベーションになり、キリスト教国であるアメリカでは大量生産がよしとされた。その商品を誰がどう使おうが構わない。人類にたくさんのものを流し、いろんなことに貢献することが大事である。それで産業革命が起こり、資本主義社会になった。これが英米の資本主義社会のルーツです。

でも仏教では、人々の救済の仕方が全く違うんですね。世界のあらゆるものをつくる超越神なんていないし、超越神が救済してくれるなんていうことは全くない。仏教における救済とは、自分が悟りを開くことです。悟りを開き、輪廻転生の苦しみの中から抜け出す気持ちを自分の中に持つことが救済なんですね。ですからそこでは単にものをつくってあげようとか、大量生産の思想は絶対に育たないわけです。

石川　仏教の場合、どういう経済思想になるのですか。

寺西　キリスト教のもとでは「近所の人、近くにいる人を大事にする」という考えは否定されていますが、仏教ではそうではありません。人間はその過程でいろんな業を持ち、それが苦しみの原因となる。その業の中ですべての生き物は六つの世界を輪廻転生するわけです。つまり、畜生になったり犬になったり虫になったり、あるいは鬼になったりしてぐるぐる回る。そして輪廻転生とともに業が蓄積され、業の蓄積の原因がある程度解決することが悟りである。そういうことだと思うんですね。だから救済、悟りに達しようとするならば、みんな業の世界を見つめるわけです。

業というのは身近な他者との関係で生まれるものです。身近な他者との間で、自分は正しくありたい、あるいは身近な他者に深い愛情を注ぎ、互いに信頼関係を結びたい。さらには相互に承認し合いたい。そのことが消費行動に現れてきます。つまり、身近に見える消費者、自分が頭に置いている消費者、買いに来てくれる消費者と共同しながらいいものをつくり、お互いに楽しもうとする。そうやって身近な他者との間で関係をうまくつくることが、最終的には悟りのための役に立つ。これが大乗仏教で言う「廻向《えこう》」という概念です。そういう思想が日本の消費文化の基礎にはあると思うんです。

石川　宗教的な違いからそれぞれの生産者・消費者の態度・行動が生まれている。先生の考え方は、楽天とアマゾンの違いにもあらわれていますね。

寺西　そうですね。楽天のサイトでは、楽天から直接ものを買うのではなくて、生産者や店舗から買うという感覚が強い。

石川　ユーザーと店舗さんの距離がすごく近い。

寺西　一方でアマゾンは、完全にものだけを選ぶという世界です。

石川　安く大量に届ける。まさにキリスト教的な経済がそのまま形になっている。

寺西　問屋を介して機屋《はたや》さんに行き、「私のところのこの顧客はこういう柄のこういう帯を欲しがっています」という情報を伝えてつくってもらう。楽天はそういう昔ながらのものづくりの伝統を一部引き継いでいる。単にものを送ればいいという思想ではないんですね。

†日本的資本主義はいつから始まったか

石川　日本型の経済システムと大量生産・大量消費には親和性があるとお考えですか。

寺西　本来的にはあまり合わないと思うんですよ。というのも、日本的な経済のかたちは、南北朝時代や江戸時代に端を発しているからです。

社会が安定した徳川時代に、日本の経済成長はある程度始まりました。イギリスでは一八世紀に産業革命が起こり、工場の蒸気機関で大量生産して世界中に売りまくったんですが、日本はちょっと違うんですね。徳川時代には工場なんて一切なかった。みんな農業の副業として生活用品をつくったりしていたし、質のいいものは専門的な職人がつくっていました。

ではなぜ徳川時代に経済成長が起こったのかというと、この時代に海運がものすごい勢いで発達したからです。徳川幕府は税金を米で納めさせる制度をつくった。お侍さんに「お前は何石取りだ」と言って納めさせる。そうしたら各藩には米で税金が入る。でも米では交換に使えないから、貨幣に換えなきゃいけない。幕府だってあちこちに幕府領を持っていて、そこから米が入ってくるわけですが、それを売らなきゃいけない。売るために大坂の堂島《どうじま》に米を運ぶわけですが、それが海運の発達を促したんですね。海運が発達すると、それにともなって商業も発達する。輸送費がものすごく安くなったから、小生産者は日本中につくったものを届けることができるようになりました。たとえば岡山でつくった商品が、東北で売れるようになった。買い手が増えれば、「もっとたくさんつくろう」という生産者も増える。

このように、生産者と消費者を結びつけたのは商人たちなんですよ。商業が生産者と消費者を結びつけ、日本的な資本主義の基礎ができてきた。三井もそこでお金を貯めて、明治になって三井財閥になった。三越の前身、越後屋は伊勢松坂《まつさか》の商人が江戸に開いた呉服店だった。最初は従業員十人を少し越す程度の小さなお店だったけど、その後大きく発展した。とにかく江戸時代には商業がものすごく発達し、商業が消費者と生産者を結びつけた。それが明治、大正と続き、戦後の高度成長期になって大きく発展し、今度はアメリカ流の大量生産・大量消費に適応していったんです。

石川 なるほど。日本的な経済や経営は、もともとは大量生産とは違うかたちで発展したんですね。

寺西 そうです。企業の中で身近な他者を大事にしながらチームとしてする。それから株主が完全に支配するなんていうのは、日本の昔からのコミュニティーのあり方としてはあまりふさわしくないので、ブルーカラーにもボーナスを出す。それが意外とものづくりに役立ち、世界的な競争力を持ってしまったので、アメリカがびっくりしちゃった。

†消費の伝統回帰

石川 だけど、今はもう、大量生産を必要とするような不足も不便もあまりないですよね。

寺西 豊かになってきたんだね。中国・韓国・台湾など他の東アジア諸国は、大量生産が圧倒的に強いしうまいんです。でも、日本人はそこにはあまり情熱を持てないんだよね。

石川 先生の著書（『歴史としての大衆消費社会』）には、最近、日本人の消費行動・態度が伝統的なほうにシフトしているし、世界的にもそういう傾向が見られると書かれていますよね。たとえばアパレルに限らず食でもそうなんですが、トップブランドよりもB級ブランドのほうが消費者との距離が近くなり、商品をともにつくりあげようとしている。これは面白い指摘ですね。

寺西　少年ジャンプ化とでもいうんでしょうか。『週刊少年ジャンプ』は、投票（読者アンケート）で連載するマンガを決めますよね。つまり生産者と消費者が一緒にものをつくる。これがまさに日本的なやり方です。AKB48もそうだし、着るものもそういう傾向がある。消費のスタイルは、大量消費型からだんだん変わってきているのではないかと思うんです。

逆に、家電業界は苦しいでしょう。アメリカに憧れていた大衆消費社会の時代では、家電業界や自動車業界がいちばん業績がよかった。ただ、この二つの業界は少し違うんですね。自動車業界は安全性の問題から、顧客と密接につながっている。たとえばディーラーと付き合いがあるし、そこで車検をしたりするじゃないですか。一方で家電業界は、アメリカ的な生産方式でやっていた。たぶん彼らは、大衆消費社会がずっと続くという幻想の中にいたのではないかと思うんです。でも日本ではだんだんそうではなくなってきて、少しずつ大量生産・大量消費・大量廃棄に批判的な目が出てきた。それが、最近の家電業界の苦境の背後にあるような気がします。

石川　とすると、これからの消費も伝統回帰的な傾向が続くのでしょうか。

寺西　そう思います。消費者も、大量生産の商品に飽き足らなくなってきた。

石川　商品を買うときに「これを買う意味はあるのか」と問うようになってきたというか。

寺西　近頃の若い人を見ていると、そんな感じがしますね。そういう問いかけはすごく日本的な消費態度だと思うんです。

石川　人口構造の変化についてはどうお考えですか?

寺西　歴史的に見ると、日本の人口は南北朝時代から少しずつ増え始めて、江戸時代に急増しました。南北朝時代には一〇〇〇万人ぐらいでしたが、明治が始まったころは三〇〇〇万ぐらいです。それからまた急速に増えていき、第二次世界大戦時には八〇〇〇万になった。そして戦後に一億二〇〇〇万まで増えて、これからは減少していくわけです。

あと数十年で八〇〇〇万人ぐらいになり、それが一つの均衡になるだろうと言われていますが、それまでが大変です。ある程度成長するならまだしも、マイナス成長になれば、国債が暴落しかねません。未婚率の上昇によって、社会が非常に疲弊していく可能性もある。だから、ここから数十年の経済運営がものすごく重要です。僕自身は、地方の力をもっと信頼して、この国難を乗り切らなければいけないと思っているんです。

†地方と世界が切り結ぶ時代

石川　最後にすごく大きな問いですが、世界経済は今後どうなっていくんでしょうか。

寺西　僕はこんなふうに感じています。一九世紀から二〇世紀の途中までイギリスが世界を支配し、それ以降はアメリカの時代になっていく。要するに英米文化の時代ですよね。そして僕らの青春時代、日本は英米文化の支配下に入った。戦争をして負けて、いやおうなしにそうするしかないと思ったし、半分は憧れもあった。だけどそれが変わってきたのが一九八〇年代です。日本はアメリカとはかなり違う。アメリカには自由な個人がいて、徹底的な市場主義でしょう。一方で日本はそうじゃなくて、企業の中で分配するような経済システムが成功し、一時的に世界第二の経済大国になりました。

その後、二〇〇〇年代に中国が台頭してきたわけですが、中国は日本とは全く違う。自由主義・市場経済も利用するけれども、必要に応じていくらでも国有企業を使うし、為替でも金融も政府が大きく介入してしまう。昔のアメリカだったら目くじら立てて怒りだすようなことを、中国は平然とやるわけですよね。

人権だってそうです。天安門事件なんて、アメリカ人からすれば信じられない。僕だって信じがたいけれど、人権侵害を平然とやるわけでしょう。しかも最近は「中国には中国流の人権の守り方があるんだ」というふうに言ってのける。

そういう意味では、中国の台頭によって、アメリカの文化的覇権、つまり自由と民主主義を守るという普遍的価値観がだいぶ衰退してきました。そして中国のみならず、いずれはイスラム的な資本主義やロシア的な資本主義が出てくるでしょう。だから世界経済は大変な価値観の相克の時代になっていくと思います。

石川　衝突も起きやすくなると？

寺西　そうでしょうね。キリスト教はなんせ人類が大事だから、人類に何でも広めようとする。中国ももともと礼教国家で、礼教的なシステムを野蛮な近隣諸国に広めようとしていた。ですから両方とも、どちらかというと攻撃的な文化なんです。

石川　先生が「地方の力を信頼する」とおっしゃるのは、そういう世界の動向と関連がありますか？

寺西　価値観の多様化という問題に中央だけで対応するのは、だんだん難しくなっている気がするんです。たとえば新潟はロシアと親交を深めるとか、九州は中国と親交を深めるとか、多様な地方が文化と経済をつくり、世界と交わっていくという方法もあると思いますね。今は自民党独裁とか安倍一強とか言うけれども、それよりもひどいのは中央集権です。つまり、中央が地方を完全に牛耳っている。地方交付税交付金にしても今度の地方消費税の配分にしても、財源・権限ともに完全に中央政府が握っている。やはり多様性は創造性の源泉ですから、それがなくなったら終わりです。

戦前期はそうではなくて、地方がものすごい力を持っていた。もちろん知事は官選で中央から送り込まれてきたけれど、地方にはものすごいお金持ちがいて、非常に豊かな文化的基礎があった。ですから地方に経済力があったんですよね。地方が経済力・文化力を持つように変えていかないと、これからは世界に対抗できないいんじゃないですかね。

石川 身近な他者との関係を重視する文化の重要性も増していきそうですね。オタク文化もそうだと思います。切磋琢磨して同人誌や映像作品をつくっていくうちに、自然と世界に通用するような文化・産業が育つかもしれない。

寺西 そうだと思います。地方の力、身近な他者と共同する力をもっと信頼して、日本で新たな価値やシステムをつくっていくことが必要でしょうね。

（二〇一七年一二月二一日）

岩佐文夫──直観とは何か？

© Aiko Suzuki

岩佐文夫（いわさ・ふみお）

フリーランス／編集者。一九六四年大阪府生まれ。一九八六年に自由学園最高学部を卒業し、同年、財団法人日本生産性本部入職（出版部勤務）。二〇〇〇年ダイヤモンド社入社、『DIAMOND ハーバード・ビジネス・レビュー』編集部。二〇〇四年書籍編集局に異動し書籍編集者に。二〇一二年より二〇一七年四月まで、『DIAMOND ハーバード・ビジネス・レビュー』編集長を務める。

「えらく切り込んでいる人がいるなー」というのが、岩佐さんの第一印象だった。何かのイベントだったと思うが、普通ならそこまで踏み込まずに空気読むでしょ、というラインを軽やかに超える姿に清々しい気持ちにすらなった。

しばらくして、当時ハーバード・ビジネス・レビュー誌で編集長をされていたこともあり、「石川さんにお願いしたい原稿があるんです」と声をかけてくれた。それが何とも不思議なことに、あまり私の専門とは関係のないテーマの依頼だった。その理由について、岩佐さんは次のようにおっしゃっていた。

「僕は石川さんのこと、予防医学者というカテゴリーではくくれない人だと思っています。だから原稿をお願いする時は、石川さんの良さが一番出るようなテーマにしようとかねてから思案していたんです」

いやはや過分な評価をいただいて……と謙遜するつもりもないが(笑)、単純にうれしかったのを覚えている。肩書や実績で判断するのではなく、直観的に「○○さんとは何か?」をするどく見抜く。最初に出会った時から変わらぬ岩佐さんの姿勢である。

その後もお会いするたびに、「一体どうしてこのような発想になったのだろうか?」と不思議に思う気持ちがふくらんできた。それで、今回の対談へと至ったわけである。

†ポジションを取る

石川　今日は、岩佐さんから「直観」について話を聞きたいと思って、対談のお願いをしました。岩佐さんは、二〇一七年三月まで五年間にわたって『ハーバード・ビジネス・レビュー』というマネジメント雑誌の編集長を務めてこられました。おそらく日本でいちばん経営者に取材しているんじゃないでしょうか。

まず単刀直入に聞きますが、ビジネスでは論理と直観、どちらが大事ですか。

岩佐　僕みたいに論理の力に長けていない人間が言うと怒られるかもしれないけど、ビジネスでは、論理的に積み上げた解だけで成功すると思えないんですよ。論理においては前提にないことを言ってはいけない。だから、論理を積み上げていったところで出てくる答えは一つなんです。

でも、ビジネスというのは差別化ですよね。答えが一つだったら、みんなそれをやれば成功することになるけど、それでは差別化ができない。だから、論理的に解が出る問題、データを見ればわかる問題について判断することは経営者の仕事ではない。その上で社長が判断すべきは、基本的に答えが出ない問題であり、それは直観で判断するしかないと思います。

石川　友達の話では、欧米の経営者は、自分の時間の七割ぐらいを次世代の育成に使うそうです。経営者の育成は経営者にしかできないという発想なんですが、具体的には、論理を外してあげる作業をしているのではないかと思うんです。出世の階段を昇っていく時には論理的なほうがいいんでしょうけど、経営者になったら一度それを外し、自分の直観を磨かなければならない。でも直観というのは経験に根ざすものですから、磨くために具体的にどうすればいいかというと、けっこう難しい。直観って、どうすれば磨くことができるんでしょうか。

岩佐　僕は意識的に、「ポジションを取る」ということをやっています。たとえばアンケートで「とても良かった」「良かった」「どちらとも言えない」「悪かった」「とても悪かった」という項目があったら、できるだけ両端に○を付ける。人の企画を聞いた時も、できるだけ極端に○×を付ける。週刊誌の企画にかんしても「これは売れる」「これは売れない」のどちらかで判断してみる。

あとで結果を見た時、自分の判断が当たっていたかどうかがわかることが重要で、とにかくそういうことを繰り返す。なぜそう思ったかということについては、あとで考えればいい。とりあえず中途半端なポジションではなく、極端なポジションを取り、それをできるだけ口に出すようにしているんです。

石川 それはわかりやすいですね。直観で判断するいいトレーニングになりそうです。

岩佐 たとえば、隣の部署は『週刊ダイヤモンド』の編集部でした。それを横目で見て、「これは必ず売れる」と思ったら周りにそう言いふらすんですよ。そう言って売れなかったら、格好悪い。だからこそ言いふらす。

もちろん、予想が当たるときと外れるときの両方があります。でも、当たっても外れても、その理由をあとから考えることで、自分の直観を鍛えられます。

こう言うと語弊があるかもしれないけれど、ビジネスでは失敗が許されると思うんです。がんの治療で「このままでは死ぬかもしれない。果たしてどの治療を選択すればいいのか」という場合の意思決定とは違う。ビジネスでは大小、無数の意思決定があり、一つ一つは失敗が許されるものが多いのです。それらの意思決定の経験を重ねて、予想と結果の誤差が縮まっていけば、自分の直観を信じられるようになりますよね。

†論理は失敗しないためのツールでしかない

石川 『ハーバード・ビジネス・レビュー』の企画で、周りからの反応はあまりよくなかったけれども、自分の直観で「これはいける！」と思って当たった企画に、どういうものがありますか？

岩佐 快感だったのは、二〇一七年三月号「顧客は何にお金を払うのか」という特集ですね。このタイトルを出した時、「ものすごくふわふわしてるけど、何これ？」と言われたんですけど、結果的にはものすごく売れた。

これはマーケティングの特集なんですよ。僕は、マーケティングというのはすごく重要だと思っているんですが、マーケティングという言葉を使うと売れない。だから、マーケティングという言葉を使わずに、マーケティングの重要性を提示したかったんです。

石川 ビール会社であれば「ビールという言葉を使わずに、うちの会社を説明せよ」と言われるようなものですね。

岩佐 その一方で、失敗した企画だってありますよ。直観を信じられない人は失敗しちゃいけないと思っているんでしょうけど、直観というのは失敗するんです。

僕の言っている意思決定というのは、毎打席空振りを繰り返してもトータルで試合に出続ける状態をつくっていくことです。「お前は試合に出ちゃダメ」と言われたら仕方がないけど、そうでなければ、失敗だらけでもとにかく試合に出続ける。

石川 失敗しない人は成功もしないということですね。

岩佐 その意味では、論理というのは失敗しないためのツールなのではないでしょうか。

石川 その定義は面白い！

岩佐 失敗を避けることがビジネスの本質だったら、あまり楽しくない。失敗はするんだけど、失敗を覚悟で何か面白いものを探す。それで「でも、失敗したら大変じゃん」と言われたら「みんな、もうちょっと冷静に考えようよ。ビジネスにおける失敗はそんなに大きいですか？」と。

経営者の役割はむしろ、一つの意思決定の誤ちで会社が潰れるという状況をつくらないことですよね。雑誌が一号ぐらい売れなくても、会社は潰れない。さすがに五号連続ぐらいでどんどん下に行くと焦りますけど、直観が五回連続で外れるなんていうことはない。たいてい、どんだけ悪くても真面目にやっていれば五回に二回ぐらいは当たるんですよ。

†迷ったら、やり過ぎるほうを選ぶ

石川　一度成功したら、それを繰り返したくなりませんか。

岩佐　僕は、売れた特集は二度とやらないと決めていました。普通の雑誌は売れる特集を持っていて、毎年この時期にはこれをやるというのが決まっているんですけど、僕は売れた特集は二度とやらない。それよりもむしろ売れ筋を見つけたいから、売れなかったらその特集をもう一度やる。

石川　直観で判断するときに、迷うことはありませんか？

岩佐　迷ったときは、やり過ぎるほうを選びます。失敗した場合、もっと舵を切っておけばよかったのか、手前で抑えていたほうがよかったのかわからないのは、次につながりにくいんです。迷ったら行き過ぎるほうを選ぶ。そうすると、次は手前に戻ればいいんです。次にやる時には、一歩手前に戻れば成功するんです。

石川　なるほど、そうやって世の中との距離感を調節するわけですね。

岩佐　だから僕のやり方って、人を傷つけちゃうんですよね。対人関係でも、極端なことを言って無意識のうちに試し、微調整していくというタイプなので。

それで誤解もされるんだけど、経験を重ねていくうちに、「こういう人だったら、最初からこれでいいんだ」ということがわかる。そういう感覚は、普通の人よりも磨かれてるんじゃないかと思います。同僚とインタビューに行って「いきなりよくあんなことを聞けましたね」と言われたことがあるんですけど、やり過ぎた失敗も含め過去のストックがあるから、そういうことができるんだろうと思います。

石川　ポジションを取るというのは、好きか嫌いかを言えることに近いように感じます。僕が大学生のころに、タレントの杉本彩さんがテレビで「どんな男と付き合いたいか」と聞かれて、次のように答えていました。

ご飯を食べに行って「これはおいしい」「これはおいしくない」と言うような男は最低で、「この料理が好き」「この料理は嫌い」と言えるような男と付き合いたい、と。僕はそれを聞いて衝撃を受けました。料理がおいしい、おいしくないというのはわかるんですけど、好きか嫌いかという問いに答えるのはすごく難しい。場合によって料理は全部好きなんだけど、その中で好きか嫌いかを判断しなければならない。

これを聞いた時、好き嫌いを言うこともトレーニングだなと思ったんです。良し悪しというのは理屈なんですよね。「この本は、よかった」「この本は、いまいちだった」と言う人はけっこう多いんですけど、そこで好き嫌いについて言える人はあまりいない。

岩佐　それは至言ですね。好き・嫌いは、自分の知識ではなく、価値観をさらけ出すわけですからね。さらに加えるならば、好きと嫌いでは、嫌いのほうが言いやすくて、好きのほうが言いにくい。世の中、否定のほうがしやすいんですよ。

たとえば本を読んで「たいしたことなかった」と言うと、自分はもっとレベルが高いと相手に思わせることができる。でも逆に「この本はすごく好き」と言った場合、「お前のレベルはその程度か」と思われるリスクもある。だから僕はあえて意識的に「好き」のほうを強調して、人と勝負しています。そのほうがリスクを取ることになりますから。

†勝ち続けるために失敗は不可欠

石川　ビジネスについて、進歩という観点で考えている人と、進化という観点で考えている人では違うように感じます。

進歩というのはゴールがあり、そこに向かって一直線みたいな感じですよね。これは、目標から逆算して成果を積み上げるというイメージですが、岩佐さんの場合、進化という観点で考えていると思うんです。進化の本質は多様性にある。つまり多様なゴールがあるわけです。

岩佐　僕は、目的に対して最短距離で行くという発想ができなくて。むしろ三歩進んで二歩下がるみたいに試行錯誤していて、気づいたら次に進んでいる感じです。試行錯誤のプロセスを楽しみつつ、「ここを目指して試行錯誤してきたけど、実は本当に目指したかったのはこっちだった」というのが見つかったらすごく快感ですよね。進歩というのは、目指しているところもブレないのでわかりやすい。僕は「こっちを目指していこう」と思っても、うろちょろして、途中から「いや、あっちを目指そうかな」と思う。「半分登ったら、あっちの山のほうが楽しそうじゃん」みたいな（笑）。

石川　だから、失敗していいわけですね。

岩佐　そうです。いろいろな可能性をつぶしていき、成功した可能性で答えが見えるというのではなく、失敗の事例をいっぱいつくることが次の成功につながると思うんです。僕は編集長としての最後の半年間で、失敗の事例を増やそうと思って、いくつか極端なことをしました。やってはいけないことの学習が増えれば、次の編集長が楽になるだろうと思って。でも、それがけっこう当たったりするんですよね。

石川　『ハーバード・ビジネス・レビュー』でプロゲーマーの梅原大吾さんと対談しまし

たが、彼も同じことを言ってました。梅原さんは勝ち筋をすぐ捨てるんですね。そうすることが結果として勝ち続けることにつながる。今勝ちたい人が進歩を目指すのはいいんですけど、勝ち続けたい人は進化しなきゃいけない。そのためにどんどん勝ちパターンを捨てていく。

岩佐　失敗することは、一つの試合で勝つことじゃなくて、勝ち続けるために不可欠ということですよね。失敗のサンプルが増えれば増えるほど、社会は豊かになるわけだから。

†先のことを考えるほど、目先の利益も増える

石川　少し話は変わりますが、僕は昔から「人がよりよく生きる（Well-being）とは何か？」というテーマに興味があります。そして最近、Well-being研究を推進するための財団を立ち上げたんですが、さっそく壁にぶつかりまして。それは「組織をつくるとは何か？」という悩みです。もっと具体的に言えば、どのようにしてビジョンやミッションを設定すればいいのか試行錯誤しています。たとえばつい先日も、「石川さんのやろうとしていることは型にはまっている。できることをしようとしている。できそうもないことを目指さなければやる意味がない」と、みんなから怒られたばかりです（笑）。

大勢の経営者に会っている岩佐さんは、経営者のミッションやビジョンをどういうふうに捉えていらっしゃるんでしょうか。

岩佐　二つのタイプの経営者がいるように思います。一つはビジョンやミッションをもって会社を興したのに、目先の事業に追われてパッションだけになってしまうタイプです。もう一つは、目の前の事業に専念していたのが、事業の成長とともにビジョンやミッションが具体的になる人です。これは一概に言えませんが、経営の何に面白さを感じるかの違いではないでしょうか。たとえば自分がビール会社の社長になった時、自分が思っている理想を貫けるかどうか。あるいは、自分だったらどういうマネジメントをするか。

こういう思考実験をすると、自分のなかに疑問が湧いてくる。それを取材でぶつけるんですね。

口で「ビジョンやミッションが大事」というのは簡単でも、実際に事業でキャッシュが回る仕組みをつくるのは大変なことです。ですから自分でも思考実験をするようにしていました。

しかしこれまでの取材経験から言うと、逆説的ではありますが、遠い先のことを考えれば考えるほど、目先の利益は増えるのではないかと思っています。目先のことを考えてしまうと、利益は伸びない。たとえばある地点までボールを投げようと思ったとき、そこに着地するように投げるんじゃなくて、その先をめがけて投げたほうがいいわけです。

石川　初めからすごく遠くを見るほうがいいと？

岩佐　そうですね。僕は学生時代、サッカー部だったんですけど、下級生はグラウンドのライン引きをさせられるんですよ。その時に「目の前を見ないで、一番遠くを見ろ。そうするとまっすぐな線を引ける」と教えられました。経営にも同じことが言えるように感じます。

†出口治明さんのタテ・ヨコ思考

石川　印象に残っている経営者には、どんな人がいますか？

岩佐　まず思い浮かぶのは、ライフネット生命の出口治明さん（現・立命館アジア太平洋大学学長）ですね。あの方は、地球の大統領のような発想を持っています。「地球が一つの国家で、あなたがそのリーダーだったら今何をすべきですか？」と聞かれても、即座に答えられるでしょう。

石川　出口さんはなぜ、そこまで考えられるんですかね。

岩佐　出口さんはタテ・ヨコ思考で物事を見ることが重要だと力説しています。タテ思考は時間軸、つまり歴史ですね。ヨコ思考は、地理的に世界のさまざまな考え方を知ることです。出口さんは膨大な歴史書を読むと同時に、世界の一〇〇〇都市以上を旅している。その圧倒的な読書量と経験にもとづいて、絶えず「自分だったらどうするか」ということを考えているので、シミュレーションが半端じゃない。自分がもしエジプトのこの町に生まれた少年だったら、どういう生き方をするだろうか。自分がナポレオンだったら、ああいう決断ができただろうか。そういう思考を積み重ねてきた人だと思います。

石川　いろんな時代のいろんな人の立場になって、物事を考える。つまり妄想してみるということですね。

岩佐　シミュレーションというのはたしかに妄想ですが、そうすると自分の人生がすごく豊かになる。出口さんはご自身の生きた経験はもちろんのこと、その他に旅行や読書から得た、二〇〇〇、三〇〇〇ぐらいの人間の生き方のサンプルが蓄積されているんじゃないでしょうか。だから、その時々の状況に応じて、それらのサンプルの中から適切なものを選び、行動しているんでしょうね。

だから僕程度が質問することは、すでに考えられていることなんですよね。出口さんに

「ん?」と思わせるような質問をしたいと思って、ずっとインタビューしてきました。

†ビジョンには敵が必要

石川 人類の歴史の中で、これまでいろんな人がいろんな時代を生きてきた。とすると、ビジョンはもう出尽くしているんでしょうか。

岩佐 いや、僕はもっとビジョンの競争があっていいんじゃないかと思っています。

石川さんが「こういう社会がいいよね」と言い、僕も別のビジョンを語る。そうやって提示されたビジョンの中から、人々が最も魅力的に思えるものに投票するような仕組みがあると面白い。市場での競争も、製品・サービスの競争から、究極的には掲げるビジョンの競争になるんじゃないでしょうか。

これまでの歴史でも、さまざまなビジョンが提示されてきました。でも、残っているビジョン、実現されたビジョンは、良くも悪くもやっぱり多くの人々に支持されてきたものだと思うんです。

石川 先ほども述べたように、最近財団を立ち上げたということもあり、改めてビジョンについて考えています。ビジョンとはそもそも何ぞや、と。

そこで、次のようなことを妄想してみました。僕は外界から隔離された、住人が三〇人ぐらいのアマゾンの村に住んでいる。そういう状況でビジョンを考えるだろうかって。

岩佐 すごく面白い妄想ですね。どういう結論になったんですか。

石川 たぶん、そういう状況では考えないだろうと思いました。でも、僕がアマゾンの村から都市に出向いたらどうなるか。その状況だったら、何かすがるものが欲しくなるかもしれない。

その違いを考えると、一番のポイントは忠誠心だと思います。村にいた時には、忠誠を誓うものが一つしかないから、別にビジョンは必要ない。でも、都市では見知らぬ人と過ごすようになり、忠誠心が低下する。そこで人々はビジョンを求めたのではないか。そんな妄想をしていたら、今度は「最初の都市ってどこだろう」ということに興味が出てきました。

調べてみると、紀元前六世紀、古代ペルシア（アケメネス朝ペルシア）で初めて都市国家ができた。そこで人々の忠誠心を集めるために、人類史上で最初に誕生したビジョンがゾロアスター教なんですよ。教祖がいて経典があり、教団というマネジメント体制がある。僕はそこで「ゾロアスター教が人類最初のビジョンだ」と思ったんですね。

ゾロアスター教の経典には「光がいて闇がいて、最後は光が勝つ」と書かれていますが、人々の忠誠心を集めるためのビジョンを競争する時、重要なのは敵の存在です。つまり、光に対する闇ですね。

たとえば、アップルは〝Think different〟というスローガンを掲げていますよね。この言葉を見ると、〝Think different〟していない人たちがたくさん思い浮かぶじゃないですか。それに対して、「社会をよくします」というようなありきたりのビジョンだと敵がよくわからないから、単なるポエムになってしまう。だから、ビジョンをつくるのがうまい人は、敵をつくるのがすごくうまいのではないかという仮説を立てているんですが。

岩佐　なるほど。結局、ビジョンというのは共感じゃないですか。でも、反対する人のいないものは、共感する人もいないんです。たとえば、多くの人に読まれる本をつくろうと思って、「平和はすばらしい」と訴えるだけでは、誰も反対しないけど、おそらく誰も買いません。あるテーマについて共感を得ようと思ったら、やはり敵の存在が必要ですね。

†自分からいちばん離れている人を大事にする

石川　僕自身、いままで敵という発想をしたことがありませんでした。むしろポエム的で、

「みんな仲良くしよう」みたいな考えが強くて。

岩佐　石川さんは包容力がすごい分、それが悩みになってきているんですね。

石川　たとえば僕は、人類を賢くしたい、人類の知性を上げたいと思っています。でも、それはビジョンではなく、ポエムなんですよね。やはり敵を明確につくらないと、人を惹きつけることはできない。ビジョンが魅力的でないと、ムーヴメントになっていかない。いつまでも「みんな仲良く」だけではダメだなと考えるようになってきました。

それ以来、ビジョンのことが頭から離れなくなって、ゾロアスター教もすごいけど旧ソ連というかマルクスもすごいと。資本主義に対して、共産主義をバーンと掲げたわけですから。あのビジョンが熱狂を生んだのはよくわかります。

そのソ連を終わらせるきっかけをつくったゴルバチョフもすごいですよね。ゴルバチョフは自分の国を愛する一方で、世界のことも考えていた。それでいろいろと考えた結果、「この国はおしまい」ということになったわけですよ（笑）。あれはすごい決断だったし、彼はとんでもないリーダーだった。

岩佐　世界のために自分の国がやばくなるかもしれないけど、平気でその決断ができるということですよね。

それに関連する話をすると、僕は「他人」をどう捉えるかという考え方のレベルで、敵がいるんです。

ふつう、自分にとって一番近い他人は家族で、それに職場の仲間や友達が続く。地域、日本、世界と同心円上に範囲を広げていくとどんどん自分とは縁遠くなっていくわけですよね。でも、そういう遠くにいる人をこそ他人と思える人になりたい。僕は小学校の時からずっとそう思っていました。「他人を大事にしなさい」と言われた時、自分の周りの近くにいる人ではなく、一番離れた人を大事にできるかと問われていると感じました。自分の身内を大事にするというのは、利己的だと思ったんです。

石川 そういう考え方が芽生えたのはどうしてですか。

岩佐 僕は小学校の時、大阪の寝屋川市という非常に庶民的な地域で暮らしていました。あそこは大阪の郊外で、いろんな人が住んでいました。ある時、仲の良かった友達が急に転校になったんです。

理由を先生に聞いたら「お父さんがトラックの運転手さんで、急にいなくなっちゃった」と。僕の父親は金融機関に勤めていて、社宅に住んでいたんですが、同じ友達なのに、どうしてこうも家庭環境が違うんだろうと疑問に感じました。

僕はその後東京の私立の中学に入り、そこから大学まで行きました。でも、寝屋川の同級生はほとんどは公立中学に行った。そういう違いから「自分だけ違うレールを歩むというのは果たしていいんだろうか」と、また疑問に感じたんですよ。自分はたまたま、そういう教育に熱心で経済的にも可能な家に生まれただけですから。

石川　そういう疑問をずっと持ち続けてきたんですか？

岩佐　ええ。いまだって、自分はたまたま編集者をやっているだけです。だから、編集者だから得られるような特権にはとても疑問がありました。華やかなパーティーに呼ばれるとか、お歳暮をもらうとか。

それはたまたま、自分がそういう仕事に就いているから得られたものであって、自分の力で勝ち取ったものではないわけだし。「役得」として得ているものは、ある意味、仕事のプロセスとしてプラスになるものであって、個人としての生活が潤うものではないものです。

石川　そもそもこの時代に日本に生まれたこと自体、すごく恵まれていますよね。

岩佐　おっしゃるとおりです。僕に言わせれば、この時代に日本に生まれたらみんなラッキーなんですよ。教育も受けることができ、仕事もあり、社会にはセーフティネットもある。そういう環境に育った人は、その上のチャレンジができるはずなんですよね。

（二〇一七年六月二一日）

若林恵——文化とは何か？

若林恵（わかばやし・けい）
一九七一年生まれ。編集者。ロンドン、ニューヨークで幼少期を過ごす。早稲田大学第一文学部フランス文学科卒業後、平凡社入社、『月刊太陽』編集部所属。二〇〇〇年にフリー編集者として独立。音楽ジャーナリストとしても活動。二〇一二年に『WIRED』日本版編集長就任、二〇一七年退任。二〇一八年、黒鳥社設立。著書『さよなら未来』（岩波書店・二〇一八年四月）、責任編集『NEXT GENERATION BANK 次世代銀行は世界をこう変える』（黒鳥社／日本経済新聞出版社・二〇一八年一二月）。
https://blkswn.tokyo

「この人には敵わない」という代表格が、若林恵さんである。初めて出会ったのは、とあるイベント会場だった。午前のプログラムが終わりランチをしようとテーブルに着くや否や、タバコをふかしながら若林さんは次のようにぼやき始めた。

「いやさ、シリコンバレーって、もうダサくない？」……全く文脈も分からず、そしてどう答えたらいいかも分からなかったが（笑）、なんだか不満の気配は強く漂っていたので、「そうですね！　シリコンバレーがすべてではないですよね。むしろ僕はイギリス型のイノベーションに最近は注目しています」と応答した。

するど若林さんの目が「キラーン！」と光り、「いいね、石川君。じゃそれ記事に書いてよ、五〇〇〇字ね」とのこと。それで、当時編集長をされていた『WIRED』に原稿を送った。こうして、若林さんとの付き合いがはじまった。

「石川君さ、だめだよ、そんなんじゃ」そう言って、私の文章の浅さを何度も指摘してくれる本当にありがたい編集者である。一言で言えば「文化とは何か？」を追及している人である。ダメ出しをされることはあっても、じっくり若林さんの話を聞いたことは意外となかった。そこでこの企画の話をして、「えー、俺でいいの〜！」と照れる若林さんを引っ張り出した。

†シリコンバレーのイノベーションって、なんかムカつく

石川　僕は、若林さんが人を固まらせる場面を何度も見ているんです。誰かが自説を披露した後に、若林さんから予想外の質問を受けて固まってしまう。それだけ若林さんの視点は斬新なんですね。いったいどうすれば、そういう新しい視点で物を見ることができるんですか。

若林　新しいのかなあ。あまり意識したことないですけどね。ほら、『WIRED』で関わるようなビジネスやイノベーション界隈の人たちって、ど文系でカルチャー畑のぼくからするとものすごく異質で、「なんでそうなってんの?」っていうようなことが普通にたくさんある、っていうことだけなんじゃないかって気がします。そっち方面の人には新しいかもしれないけれど、人文とかカルチャー方面では普通に言われてそうなことをなぞってるだけだったりもして。どちらが正しいということもないとは思いますけど。

石川　僕は福岡で若林さんと初めて会ったんですけど、その時「シリコンバレーのイノベーションって、なんかムカつくよな」と言っていて（笑）。

若林　えー。そんなこと言ったっけ?　本当に?

石川　「あれだけじゃねえだろ」と。

若林　まあ、でも世間的な感覚で言っても、グーグルだフェイスブックだ、みたいな話ってムカつきはしなかったとしても、うさんくさいという思いはあると思うんですよ。アップル信者ってマジ鼻白むんですけど、とか（笑）。

石川　みんなが一方向を向いているときに、若林さんはすごく早い段階で「みんな、こっちばかり見てるな」ということに気づくんですよ。

若林　どちらかに振れるのは好きじゃない、というのはあると思います。天秤座で、AB型なのでバランス取りたくなるんですかね（笑）。

石川　いろいろな物事を見て、「ちょっと待てよ」と思うことは多いですか？

若林　うーん。「これおかしくない？」って怒ることは多いですね。

石川　最近気づいたんですけど、面白い人って「ちょっと待てよ」と思うことが多いなと。みんなと同じものを見ても、違うふうに見えてしまう。

「よい科学とは、みんなが見ていることを違った見方で見ることだ」という言葉がありま す。みんなが見ているものに対して「ちょっと待てよ」と思う。そして「そもそもそれって何なのか」と考える。前回の岩佐文夫さんもそうだったんですけど、編集者というのは、人とは違った見方をすることがすごくうまい気がするんです。

若林　それはあるかもしれないですね。ぼくが最初に入った出版社でなにまず驚いたかというと、先輩編集者の方々がみんなめちゃくちゃひねくれてるんですよ（笑）。ぼくなんかは、ほんとに素直ないい人で（笑）。編集者って物事を批判的に見ることが大事な職業なんだという教えはそこにはありましたね。でも、ひねくれてるばかりじゃダメで、ある種のミーハーさも必要で、そこのさじ加減が、おそらく編集者の個性ってことになるのかな、と。なんにせよ、最近は、もうちょっとみんな批判的に物事を見たり聞いたりしようよ、とは思いますね。人の話を簡単に信じすぎなんじゃないかって。一般論として。

†直観にも正解はある

石川　少し前に問題になったDeNAのようなキュレーションサイト（「WELQ（ウェルク）」というヘルスケアサイトに、ネット上で集めただけの信憑性の低い情報が書き込まれ、炎上して閉鎖された事件）は、ある意味では、論理的につくられているんですよ。パターンAとパターンBをつくって、一定期間にPVを多く集めたほうを採用する。でも若林さんのような編集者は、自分の直観との整合性を常に探っているわけですよね。

若林 直観って、言葉としてはそうなんですけど、それって必ずしも主観的なものじゃなくて、感覚的には客観的な正解があるって感じなんですよね。以前、VICE Media Japanの人たちが、雑誌のデザインについて「カチッとはまる瞬間というのは、あるよね」と言ってたんですけど、その感じは僕もわかるんです。それは、原稿にタイトルを付けるみたいなことでも、デザインでもいいんだけど、やっぱり「正解」と呼べるものがあるんですよね。しかも、それは客観的に「正解」だという感じがあるんです。

石川 ロジックではないけれど、客観的な正解があると?

若林 うん、じゃあ誰にとって客観的なのかというと、具体的な市場とか読者ということでもないんです。もちろん雑誌を作るうえで、読者を想像するというプロセスは当然あるんですけど、それに適合するから正解という話では全然なくて。自分のなかにある社会と繰り返し対話しながら正解を探っていくような感じです。

石川 マーケティング的な正解ではないわけですね。

若林 主観と客観とか、個人と社会とかっていう二元論って、それ自体が間違いな気がするんですよ。それって明確に分割できるようなものではなく、むしろ複雑に絡まりあってるもののような。つくりたいものをつくりたがる「主観」ってものと、売れた売れないの数値化可能な「客観」ってものが対立しあうって、どこにでもありがちな話なんですけど、ものをつくるって、そんな単純なことじゃないんですよね。つくるという行為そのものが、主観と客観を行き来するようなな作業であるというようなもんじゃないかって気がしてて、西郷信綱っていう国文学者の本をこないだ読んでたら、客観と主観、もしくは個人と社会というものは、互いに「包みあっている」というようなことが書かれていて、とても腑に落ちたんです。

†自分の観客はどのくらいいるか

石川　今の話を聞いていて浮かんだキーワードは"wonder（不思議）"です。"wonder"がある人は、何かに引っかかって「ちょっと待てよ」と立ち止まる。親友の北川拓也から研究は"Start with wonder"、つまり「まずは自分の中を探れ」と教わりました。先に論文を見てしまうと、何も感じられなくなる。"wonder"が生まれてこないんですね。外の世界を知ってしまうと、あらゆる研究がされ尽くしているように思えてしまうんです。

若林　それはそうですね。自分も本屋に行くと、「自分がここに付け足すものは何もない」って気分になって落ち込むので、行かないようにしてます。足を運ぶとしたら、古本屋がいいです。

九〇年代に、『月刊太陽』って雑誌の編集をしていたときのことを振り返ってみて、改めて面白いなと思うのは、八〇年代には「衣」のブームはだいたい終わって、九〇年代に入ると「食」のブームになるんです。九〇年代の初頭に和食の特集があって、その後、フレンチブーム、ついでイタリアンブーム、そしてワインブームがあって、それが飽和すると、今度は九〇年代の終わりごろから「住」がクローズアップされるんです。『BRUTUS』がおそらく火つけ役だったと思うんですけど、インテリアと住宅の特集がわっと出てくるんです。

きれいに「衣食住」の順番になってるんですけど、それを順に消費していったあと、正直言って雑誌は「次はなんだ」っていう部分で、新しい基軸を打ち出せなくなって、縮小再生産を繰り返してるという感じになっちゃったように思うんです。企画の差別化や細分化がどんどん進行して、最後はコモディティになって情報価値が雲散霧消するという流れです。

で、そのあとにウェブがどっと肥大化するんですが、こうしてみると、ウェブが一般化した頃には、ある意味その手の情報消費はすでに終わってた、という気がしなくもないですね。

石川　流行のテーマがどんどん細分化していく点は、研究とよく似ていますね。

若林　全部出尽くしたと思われたときに、どうやって企画をつくるのかということは、ぼくらの課題でもあるんですよね。イノベーション、イノベーションって言われてますけど、要は既存のものをこれまでと違う感覚で再編成するとか、新しい問いを立てるといったことが必要になってくるところは、出版でもサイエンスでも、どの業界でも共通の課題なんじゃないですかね。そのなかで必要なのは、単にポジティブなそれではなくて、どっちかというと否定性をもったワンダーなんじゃないかって気もします。って、これも西郷信綱さんの「否定的創造力」って言葉の受け売りなんですが。

石川　売れる・売れないは考えないんですか？

若林　自分の場合、自分がつくるもののお客さんって、だいたい一万五〇〇〇人から二万人ぐらいだろうってはなから思ってるんです。ある時期から「それでいいや」と思っているので、そこから上の数字の話にコミットしようという気もあまりない（笑）。

石川　自分の観客がどれぐらいいるのか、というのはめちゃくちゃいい問いですね。若林さんの場合、一〇万、一〇〇万と売れてほしくはないんですか。

若林　売れてはほしいですけど、そもそも一〇〇万部の本や雑誌の作り方、知らないので(笑)。その理由は簡単で、そういう本や雑誌に基本的に興味をもったことがないのでそれがどういうものかを知らないし、知る気もあまりない。いま雑誌をつくってて毎号校了するたびに、今号は風が吹くかなと一応期待はするんですけど、ほぼ期待外れ(笑)。

石川　次号(二九号)の特集はアフリカですよね。これは風が吹きますか?

若林　どうでしょうねえ。吹かないと思っておくほうが、あとでヘコまなくて済むので、まあ、期待しつつしない、という感じですかね。でも売れることをゴールにすると、多分間違うと思うので、売れた数に振り回されないようにしたほうがいいとは思うんです。そもそも本や雑誌には刷り部数っていうのがありますから、売る前に予測を立てて、その予測に届かないとビジネス的にはアウトなので、まずは案件ごとにそこに到達してりゃいいじゃんて思ってます。

出版って全部が全部が一〇〇万部を目指さなきゃいけないというゲームではないですし、誰かがひとり勝ちするなんてことも原理的にないですから。それよりもひとりの読者の人生を変えるほうがうれしいですかね。「『WIRED』読んで会社をやめました」という読者ってたまにいるんですよ。そういうのは率直に嬉しいです。

†経済と文化を拮抗させるにはどうするか

石川　なるほど。自分の仕事にとって成功とは何かって、数値目標を外すとなかなか思い描きにくいですよね。どうしても、今年が一億なら来年は二億だと、成長モデルで考えたくなるじゃないですか。

若林　指標が一個しかないのって変じゃないですか。ウェブメディアってうっかりするとそういう一元的な価値指標しかないゲームになりがちですし、デジタルのビジネスって勝者独り占めの価値観が強い世界ではあるので、それに巻き込まれやすいんですが、一〇〇万PVより一〇〇〇万PVのほうが偉いってことを頭から信じて疑わないってのは、やっぱりバカですよ（笑）。物事には適正規模ってのがあるわけですから、適正な成長ってものをどうして思い描けないのかって思いますけど。

それに、マーケティングの数値は市場価値の指標でしかなくて、市場価値ってのは、あるプロダクトの価値の一側面でしかないじゃないですか。社会的価値、文化的価値などが、あらゆるものにはあると思うんですが、それって数値化されないので、横着な人は「見えないんだからないんだ」ってしちゃうんですよ。そんなばかな話あるかって思うんですけど、自分に判断基準がないから数字だけをあてにしちゃう横着者が世の中に増えて、うっかりそういうのが出世しちゃうと、責任逃れの実証主義がさらにまかり通るようになっちゃうんですよね。

なので、そういう数の論理というか悪しき客観主義に対して、文化的なものをどのように拮抗させうるのかということを、ある意味『WIRED』を通して、ずっと考えてきたという思いはあるんです。

石川 若林さんにとって、経済の論理は敵だと？

若林 言うとマジかっこ悪いんですけど、まあ、そうですね（笑）。てか、それしかない、ってのがイヤなんですよ。なので、その状況にどういう理屈をもってしたら対抗できるのか、というのは、おそらく自分のなかのテーマかなとは思います。これは逆に言うと、音楽とか詩とか美術とかの価値は、これだけ経済ってものがドミナントになってしまった日本において、どう擁護できるんだろうってことですね。ティーンエイジャーだった頃からそういうカルチャーが世の中で一番面白いと思って生きてきたので、そういうものが軽く扱われるのが許せないんですよ。これはもう、半ば生理的に。

石川 文化的な指標があればいいんでしょうか。どれだけ文化を豊かにできたのかとか、どれだけの会社員をやめさせたのかとか。

若林　カルチャーの影響の測定って、まずタイムスパンの設定ができないんですよ。雑誌読んで会社辞めるヤツがいるかもしれないけど、それが明日なのか、一〇年後なのかわからないじゃないですか。二〇年後に成功した誰かが自分がここにあるのはあの雑誌のあの記事のお陰だった、と思ったりしたとしても、それは二〇年経ってみないとわからないし、本人がそのことを意識化しない可能性だってあるわけですよね。だから、文化の仕事って、結果をもって贖われるという期待を原理的にもてないものなんだと思うんです。

石川　成果という考え自体をしにくいわけですか。

若林　そうだと思います。格好よく言うと、それって人の心に種を植えるようなもので、それが育つかどうかはぼくらの埒外、管轄外なんですよ。つまりそれを刈りとることは自分にはできないっていうことでもあるわけです。

じゃあ何がモチベーションなのかというと、結局は仕事そのものなんです。たとえば記事タイトルを四苦八苦して考えるにしても、「このタイトルのほうが売れる」という発想ではないんですね。それよりも、自分のなかでしっくり来る正解をちゃんと探したいという気持ちのほうが強い。

石川　内的な欲求を持てるかどうかが原動力なんですね。それもまた"wonder"や直観につながってきますね。

特集内容をプレイリストで伝える

若林　直観で話でいえば、今回の特集のために、アフリカに三人の編集部員を送り込んだんです。取材にいく場所は決めて、およその概要は伝えはしたんですが、彼らとしては、この特集がどういうコンセプトで、どういうメッセージをもつものになるのかを知りたいわけです。

石川　単に「アフリカ」だけだと、イメージはわきづらいですね。

若林　キーワードが欲しいんですよね。でも、なんかあらかじめ決めたキーワードに沿って、今アフリカを取材するのってなんか違うなあって気がしたので、とりあえずプレイリストをつくったんです。「こういう感じの特集にしたいかなあ」って（笑）。

石川　プレイリストって？

若林　自分が知ってる範囲で、いまどきのアフリカ音楽の曲のプレイリストを渡して「これ聴いといて」と。それを聴きながら「なんかこういう感じ」の人とか場所を探して取材してくれたら、それでいいかなって。

石川　直観的な伝達方法ですね。

若林　そういうことって、ほんとはもっとやるべきだと思うんです。つまり、いまキーワードって言いましたけど、視覚情報も聴覚情報も、ことばにできないなにかを伝えられるから意味があるんで、それは、ヴィジュアルはことばの従属物ではないし図説じゃないはずです。たとえば今、ブロックチェーン（ビットコインの取引履歴）をどういう気分・色調で伝えるのかということは、情報伝達という意味においてすごく重要なはずです。それは視覚言語だけじゃなく、聴覚でも伝えられるんじゃないかって思ってて、『WIRED』では、もっとそういうことをやりたいんですよね。

だいたいIT関連のヴィジュアル表現て、昔から全然更新されてないんですよ。黒バックにポリゴン（コンピューターグラフィックスで作図する時の多角形のこと）みたいな八〇年代の延長線の表象で完全に止まってて、古い未来感のまま。これ、むしろ過去じゃん、って（笑）。つまりイメージの更新がないんですよね。

そういえば、この間、藤倉大さんというロンドンで活躍している現代音楽家が『WIRED』の記事を読んで、マイクロバイオーム（微生物叢）をテーマとした曲をつくったんですよ」と言ってました。そういうの面白いな、と。

石川　マイクロバイオームが音楽になったわけですか。

若林　九月に初演されるはずなので、どういうものになっているのかわからないんですが、研究者に会いに行ってリサーチしたそうなので、単なるイメージ操作以上に、もうちょっと踏み込んで、微生物の構造と音楽の構造とを出会わせるようなものになってると思うんです。そういうのって面白いじゃないですか。

石川　僕が『WIRED』に書かせてもらった連載（「ぼくらのグランド・チャレンジ――二一世紀の問いの技法」）では、宮崎夏次系先生に漫画を書いてもらいました。あれもすごかった。

若林　宮崎さんはほんと天才なんですよ。シンギュラリティ（技術的特異点）とかAIみたいなテーマをどう図像化するかってときに、ふつうならしょうもないロボットのイラストでお茶を濁したりするところ、彼女は全く意想外のところからアプローチしてくるんですね。

石川　本当にそうですよね。宮崎さんは書いたコラムを絵にする天才だと思います。

若林　想像もしてない飛躍があって、その飛躍をこっちが一生懸命読解していくことで新しい思考の回路が開かれるっていうような感じがするんですよね。クリエイターってすごいなっていつも思うんです。そうやって、感覚的なものをロジックで説明せず、別の感覚言語に置き換えるのって、クリエイティブと呼ばれるもののキモだと思うんです。ヴィジュアルの編集って、それをどう読み解いてどう制御するかっていう仕事で、この写真やイラストを並べる作業が、ぼくは雑誌の仕事のなかでも一番好きなんですけど、ウェブの編集しかやったことない人は、これ、全くできないんですよね。

†文化とは何か

石川 『WIRED』は、ブロックチェーンのように、ビジネス方面でも関心が集まっているテクノロジーを特集で取り上げることがありますけど、ビジネス誌とは全く切り口が違いますよね。

若林 それは、テクノロジーというものをビジネスの一要素として見るか、文化の一要素として見ているかという違いだと思います。ぼくは、テクノロジーは文化の一要素だと思っていて、そうでない限りにおいては、テクノロジーって自分的にはなんの面白みもないんです。

だって「テレビの販売台数がテレビの価値です」なんて言われても誰も賛成しないでしょう？　ＶＲ（バーチャル・リアリティ）にしてもＡＲ（拡張現実）にしても、文化にならない限り、世の中に定着しないですよ。ってか、世に定着するっていうのはおそらく、文化になる、ということですから。

石川　経済をライバルとする若林さんにとって、文化とは何ですか？

若林　えー、でかい質問だなぁ（笑）。

石川　僕は、新しい学問をつくることは、ビジネスでいえば新しい産業をつくることに似ていると考えているんです。文化もそれと同じ位相ではないですかね。学問、産業、文化という三つがカテゴリーとして並んでいるんじゃないかと。

若林　ああ、ぼくはそれは全然違ったふうに見てますね。だって、まず学問は文化の下に入るものでしかないですから。

石川　あちゃー（笑）。文化が最上位で、その中に学問や産業があると。

若林　んー、産業が文化をつくる、ってこともありそうな気もしなくもないけど。いずれにせよ、二〇世紀ってすごく経済学者が大事にされた時代だったと思うんですよ。ってのはどういうことかと言うと「二〇世紀は経済学者をやたらと持ち上げて、経済にやたらとプライオリティをおいた」そういう文化をもった時代だったというふうにぼくは理解してるんです。文化というのは、ある時代のなかで、ものやことや情報の優劣だったり価値を決定するためのパラダイム、と言って語弊があれば、枠組みだと思うんです。

アートがアートとして価値を持つのは、外側にそれを構成している「アートにこういう理由で価値をおく」という文化的なコンセンサスがあるからで、もちろんそれは、一言で定義できるようなものではなくて、それはもう複雑なレイヤーが幾層にも重なってるもので、つまり文化てのは、その時代の社会をかたちづくってる価値の体系のことかな、と。

石川 文化というのは、その時代を生きる人がとらわれている枠組みなんですね。

若林 そうそう。しかもそれは刻々と変わってもいるんです。言葉ってものを考えるとわかりやすいんですが、流行り廃りってものすごくあるじゃないですか。あるギャグが、ちょっと時間が経つだけでお寒くなってしまうみたいなことって、言うなれば言葉の流通価値が、それこそ相場のように常に変動してるってことで、しかもその相場がなにを変数にして、どう動いているのかって相当摑みづらいものですよね。

しかも短期的に変動するものもあれば、一方で、何百年と続いているような枠組みもあったりして。長い歴史を背負っているような枠組みと、数年とか数十年単位で入れ替わる枠組みとがごっちゃになりながら動いている価値体系である、ってのが、ぼくなりの文化というもののイメージですかね。

†世界はコンテクストでできている

石川　たぶんそういうごちゃごちゃを、きっぱりと明確にしたがるところで、僕はいつも若林さんに叱られるんですね（笑）。

若林　研究者、特に工学系の人たちって、そうなりがちなんですよ。MITのメディアラボが「創造性のクエン酸回路」モデルというのを出したことがあるんです。創造性には「アーティスト」「デザイナー」「エンジニア」「サイエンティスト」の四種類があって、それぞれの思考をぐるぐる循環させるといい、みたいなことを言ってるんですが、ある公開討議のような場で、考案者のネリー・オックスマンにちょっとツッコミ入れたんです。「あたしゃ『WIRED』という雑誌を編集していて、職業で言うとジャーナリストとか、エディターなんですがね、それって、この図表のどこに入るんですかね？」って。そしたらネリが「それはいい質問ね。真ん中かしら」とか適当なことを言うんで、「なんだよ、考えてないじゃん」と思ったんです（笑）。

世の中には、ジャーナリストとかエディターとかそういう中間的なポジションで情報を生成してる人たちがいて、しかもマスメディアの時代を経たあとでは、その影響力は良くも悪しくも情報の価値の決定において、いまだに大きいはずなんです。なんだけど、社会ってものが価値決定を行っていく上で、ソーシャルメディアを含めた情報産業が果たしている役割っていうものを過少評価してる人はとても多くて、そこでは社会や文化ってもの、複雑さとかあいまいで語り得ないものへの理解が雑なんです。

とくにIT周辺は、目立ってそういう素養、ありていに言うと人文リテラシーが低くて、あきれることも多いんですよね。だからこそ、自分みたいのが威張ってられる、という意味ではその状況はありがたいんですけど（笑）。

石川　文化というのは、人々の脳内に埋め込まれた世界みたいなものですよね。人はそれを通して現実を見ているだけだと。

若林　たとえば音楽を聴くにしても、純粋に音と出会うなんて不可能なんですよ。音楽を聴く場所、聴き方って、あらゆるやり方で産業化されていて、そこにはすでに誰かが設計したコンテクストがあるわけですよ。駅前で誰かが歌ってるのを出会い頭に聞いて「いいな」と思ったみたいなことだって、駅前で歌ってるミュージシャンっていう存在がすでにして制度化されたありようで、すでにコンテクストが内包されてるわけです。

エンジニアとか科学者は、とりわけそういうコンテクストに対する感度が弱い気がします。すぐに「真理」とか「普遍」とか言うじゃないですか。でも、そこには「真理ってコンセプトが成り立つためのコンテクスト」があるからそれが成り立ってる、という話もあって、これって科学哲学が長いこと問題にしてきたことですよね。

石川 そうなんです！　だから僕も、科学は全体として「真理に向かって前進している」と信じたいんですが、一方で全く信用できないところもあります。

若林 うん。だから真理ってことばに対する風向きが悪くなってきたので、代わりにロマンとか言うんですよ（笑）。それって自分がやってることの純粋さを正当化したいだけだろうとしかぼくは思ってないんですが（笑）、って言うのも、具体的な話で言っても、その真理の探求って、よほどの例外を除けば、国なり大企業なり大学なりにぶら下がった状態でしか実践できないわけで、その環境のなかで語られる「真理」とか「ロマン」ってどれだけ信憑性あるんですかね、って思いません？　ガチガチに国家とか市場の論理に組み込まれてて、真理もくそもあるの？　って思っちゃうんですけどね。

「僕が今学生だったら絶対に人工知能をやってるな。僕たちが若い頃はとにかく原子力だったんだけどね」なんてことをある科学者が言ってたんですが、それって単に技術をめぐる経済トレンドの話じゃないですか。文学部の矜持でいえば、こっちは、「何度生まれ変わっても文学部だよ」って思うわけです(笑)。

†「真理の探求」は枠組みにすぎない

石川 若林さんの「ちょっと待てよ」がズシリと来た感じがします。

それにしても深いこと言いますね(笑)。科学的な真理を追いかけると決めたんだったら当然、あきらめるべきものもあるだろうと。

若林 いや、別にあきらめなくてもいいんだけど、科学に対する純粋な姿勢と、自分の生活ということがリンクしていないし、それを意識すらしていないところに、ズルさが見えるんですよ。

石川 うわー、なんかすみません(笑)。目先の生活と、遠大なる真理を追いかける旅。この両者のバランスって、たしかに突き詰めて考えたことないです。

若林 科学ってもの自体はたしかにトータルで見れば「真理の探求」の道筋には違いないのかもしれないですけど、個々の科学者という存在はそうじゃないですよね。時代の社会の枠組みに規定された存在じゃないですか。

石川　そうですよね。科学者たちに「あなたたちは真理を探求していると言うけど、それと自分自身のちっぽけな人生をどうすり合わせているんですか?」と聞いたらたぶん「ん?」と固まって、「たしかに、それは考えたことがなかった」と反省すると思います。

そういう問いを投げかけられると、かなり根っこのところをぐっと突かれますよね。でも問われないかぎり、「とりあえずは真理の追求だな」ということでトットットッと進んでいく。

若林　ただ、世間的な状況として、そういう姿勢が通用しなくなりつつあるとは思うんです。科学者がいくら「これは真理の追求だから」と言っても、国の予算が下りてこないし、予算が下りないっていうのは、社会的な信任がないってことなので、最近大学とかもやたらイノベーションとか課題解決とかいうわけです。さらにポスドクの人たちが鬱になりがちなんて話も、真理の探求なんてさも高尚なことやってるようなフリしてるけど、実態はブラック企業でしかないことのあらわれでしょ、とか（笑）。

結果、自分の幸福や世俗的な成功と、真理ってものを天秤にかけたら、ほとんどの科学者は前者をとるわけで、だから、論文の偽装なんかもしょっちゅう平気で起こるわけで、とか。
今の時代における科学者の人生ってなんなんだってところをちゃんと問うことなしに、真理の探求なんてこと言ってたら、そりゃ鬱になる（笑）。

石川 でも、若林さんのような指摘を面と向かってしてくれる人は、なかなかいなそうです。
今日あらためて思ったんですけど、若林さんは複雑なものを複雑なまま受け止めている。そういう人じゃないと、文化の番人は務まりませんね。

若林 そんな大層なものじゃないと思うけどなあ。ただ、いまみたいにやたらと複雑さが増してる世の中にあって、ものごとをあまりに単純化したりするのってかえって危険だと思うんですよね。それに、自分って別に、たいして頭がよくないんですよ。物事を分析したり、序列化したりすることが得意じゃないので、石川くんみたいに「ここに論点が三つある」てな感じにうまく整理できたらいいんだけど、悲しいことに、そういうふうに頭ができてない（笑）。

（二〇一七年七月二八日）

二村ヒトシ――性とは何か？

二村ヒトシ（にむら・ひとし）
アダルトビデオ監督。一九六四年生まれ、慶應大学文学部中退。女性と男性の立場を逆転させる「痴女」ジャンルや、男優が全く登場しない「レズ」ジャンルの演出手法を確立した。ソフト・オン・デマンド社外顧問。いっぽうで自身の恋愛観を説いた著書『すべてはモテるためである』『なぜあなたは「愛してくれない人」を好きになるのか』（共にイースト・プレス）は累計で二〇万部を越えるロングセラーであり、ジェンダー問題と親子関係、草食男子問題に言及する恋愛本ブームの草分けとなった。千葉雅也氏・柴田英里氏との鼎談『欲望会議：「超」ポリコレ宣言』（角川書店）ほか、著書多数。

AV監督の二村さんと、一体どこでどう知り合ったのか。必死で記憶をたどり、「そうだ、あれは吉田さんが企画された飲み会だ！」と思い出した。

ラジオのニッポン放送でアナウンサーをされている吉田尚記さんが、「毎年サンマを大量に焼くパーティーをしているんですが、来ませんか？」と誘ってくださり、せっかくだからと出かけて行った。しかし、あまりパーティーや飲み会に顔を出す人間ではないので、一体どう振る舞ったらいいのだろうかとモゾモゾしていたら声をかけてくれたのが二村さんだった。

二村さんが何かで私のことに興味を持ってくださったようで、初対面にもかかわらずとても楽しくお話しさせてもらった。内容はもちろん下ネタである（笑）。それがあまりにも楽しかったので、「ぜひ対談させてもらえませんか？」とお願いした。

二村さんはご自分の著書で、パーティーでの会話からは想像できないくらい（笑）、深く「性とは何か？」を問い続けていらっしゃるのだ。

†なぜ自分の性のあり方を語れないのか?

石川　性と宗教、政治には共通点があると思うんです。どれも自分のことを人に話さない。たとえば、自分がどういう政治的な思想を持っているのか、どういう性的な嗜好を持っているのかを、なかなか人には言わないですよね。とりわけ、日本ではその傾向が強いように感じます。

そのなかで、二村さんは志をもってAV監督を続け、性についてさまざまなことを発言していきます。そして、おそらく仕事を続けていく過程で、「なぜ自分はこの仕事をやっているのか?」ということを考え詰めてきたはずです。

そこで今回は、あらゆる政治家・宗教家・AV監督を二村さんに代表していただき（笑)、自分の奥底にあるものの語りにくさについて、教えていただこうと思いました。

二村　それは大変な役割……（笑)。でも、おっしゃっていることは、すごくよくわかります。たしかに性と宗教や政治は似ているかもしれません。どれにも社会的な側面と、説明しにくくドロッとした〈自分の内側〉であると同時に〈社会の外側〉でもある部分とがある。だから、それを使って他人の感情をコントロールすることもできてしまう。

現代の結婚制度や出産は社会的です。ところが人は直感で「この人とは性交できる、性交したい、この人とはできない」と判断しています（損得勘定で計量的に判断する場合もありますが）。性の直感は遺伝子的な反応か、あるいはその人が育った社会からの刷り込み、そして肉親との関係で〝どういうふうに傷ついてきたか〟によって形成されるものです。「カミングアウト」という言葉が示すように、セクシャル・マイノリティの人にとって性的〈指向〉を表明することは人生における重大事だし、それがまさに信仰と矛盾する場合や、政治につながっていく場合もある。

逆に、マジョリティの人は、いわゆる〝まとも〟な社会を生きているからこそ自分の性的〈嗜好〉の細部について語りにくい。でも思い切って語っちゃったことで相手と仲良くなれた、なんてこともあります。

石川 セックスにかんすることは、自分の一番根幹をなすところだから、お互いに譲れないんですよね。だからなかなか人前で話題にできない。

二村 あからさまに語ることは人類の多くの共同体に共通のタブーですよね。語り得ぬからこそ興奮のみなもとになってるんだ、という説もある。

心の弱点を刺激して生理的な嫌悪感を湧かせることもあるから、あんまり立場を強く主張しすぎるとケンカになる。政治も宗教も、争いを生まないように「議論はタブー」としておく知恵もあります。

それぞれの分野で日本を代表されるような皆さんが、セックスについてどのように捉えておられるのか。僕なんかはそこが知りたいんですけど（笑）、まあ普通に考えたら普通の人は知られたくないことでしょうね。でも心の根幹だからこそ、チラッと見えたり見せたりするのが色っぽいと思うんだけどな。

あと、ビジネスでも学術研究でも、なにか新しいものや忘れられていたものが突然見つかるとき、エクスタシーめいた眩暈《めまい》の瞬間がありますよね。〈ゾーン〉に入るというか、張り詰めていたものが壊れて自我が失われる感覚が。能動とも受動ともちがう、それこそがセックスの本質ですよね。

石川　僕の友達のH君は、男子校育ちで、オナニーを知らなかったんです。ある日、彼が面白いことを言い出した。数学の試験の最後にわからない問題があって、残り時間も少なくなっている。そこで「うー、どうしようどうしよう」と追い詰められると、ピュッといくと（笑）。

二村　なるほど、期せずしてオーガズムが訪れてしまう。しかも脳の中のエクスタシーじゃなくて、身体的な分泌現象として、ノーハンドで実際に射精しちゃったと。

石川　僕らはその話を聞いて「みんなそうだよ」ってウソを教えたんですけど（笑）。彼は当然、大学の入試の時も「うーっ、わかんねぇわかんねぇ」、ピュッ！　となって。

二村　射精してしまうほど追い詰められるなんて、そこまで気持ちいいオーガズムなかなか得られないでしょう。すばらしいですね。彼は天才ですね。オーガズムの天才。

石川　そういう話って、高校の時はするじゃないですか。その人のことを一番よく知ろうと思ったら、やっぱり本能の部分について話してもらわないとわからないと思うんです。

二村　男性同士は「AV女優の誰々が好き」みたいな無難な話から始まったりする。女性同士であれば「あのタイプの男に、ひどい目に遭わされた」という経験を共有したり。ところが異性間であんまりフラットになりすぎると、自分の欲望がよくわからなくなって性欲が失われていく。セックスのパートナーとだけ「自分には、こういう欲望があるんだ」って、こっそり共有できるというのがいい。

一方で、同性であればセックスのことも笑い話にできるのかと言うと、今度はそこに「性体験や考えかたの格差によるマウンティングがつらい」問題や、「同性の中で猥談をすることに耐えられない。なぜなら私は同性が欲望の対象だから」みたいなLGBTの問題が出てくる。

わからないことって、ほんとにデリケートで、わからないものです。たとえば僕は昔、バイセクシャル最強説を唱えてて、みんながもっとカジュアルにバイセクになれば恋愛で心を病む人が減るだろう、なんて言ってた。なぜなら「バイセクであれば、性的に一方的に搾取されるという意識を持たなくて済むだろうし、世間に対して被害者意識も生じないだろう」と思っていたからです。ところが実際にバイセクシャル当事者の人たちに聞いてみると、どうもそう単純な話ではない。他者の主観や感覚についての知ったかぶりは本当に危険です。

†人はチンパンジーとボノボの間にいる

石川 最近、ハプニングバーにずっと勤めていた若い男の子の話を聞いたんですけど、とにかくいろんな客がいるそうです。ある有名な弁護士の男性は、ボコボコに殴られた後、ぎゅっと抱きしめてよしよしされながらしごかれることに快楽を感じる。それはなぜかと言うと、彼が小さいころ、お母さんからめちゃくちゃ殴られたからだといいます。彼は殴られてばかりだったけれども、愛情が欲しかった。だから殴られた後よしよしされながらしごかれると、とんでもなく気持ちいいのだと。それを聞いて「性って複雑だな」と思いました。

二村　そういうヤバげな話こそ、多くの人に知ってもらいたいですね。「同性でも法律婚できる権利を」みたいな良識的なテーマももちろん重要なんですが……。

あらゆる欲望は存在していい。だからこそ、一般にはアブノーマルだとされている欲望を持ってしまった人は、どうすれば人に迷惑をかけずに自分の欲望が果たせるか、真面目に考えなければいけない。そして一般にノーマルとされている（社会的に認められている）欲望の持ち主のほうがセックスのリテラシーに欠けていて、自覚なく他人を傷つけているケースも多い。なぜならノーマルだとされている欲望は、本人の欲望ではなく、社会から押し付けられて持たされてしまった欲望である場合もあるからです。自分と向き合って〈社会の外〉で欲望を満たして（もちろん同意のない他者の尊厳を傷つけずに、というのが大前提です）また日常の社会生活に戻ってこられる人のほうが健康的だと個人的には思います。

性的な欲望の本質は非日常であって、太陽の光のもとにはない。セクハラの卑劣さが気持ち悪いのは、コソコソしているようでいて実は〈社会の内〉の力を利用して行われているからなんです。こういうことはそれこそ直観でわかってなきゃいけないことなんだけど、中には「もう性的なことで傷つくのは、こりごりだ」という悲しみや怒りを持ってしまった人たちが、ちょっと勘違いをしてセックスの闇の部分をすべて排除しようとする。

そういう声が大きくなってくると、それこそハプニングバーみたいな〈悪い場所〉は取り締まられ、非合法化されてしまう。「猥褻なものが絶対に子どもたちの目に触れないように」といった運動が起きる。でも、それって、どうなんですかね。僕は、子どもが自分の心の中のヤバさを知らず、ヤバいものに触れないまま大人になる社会のほうが、よほどヤバいと思うんですけど。

石川　こういう研究があります。安全な場所と危険な場所、どちらで遊んだほうが子どもの怪我が少ないかというと、やはり危険な場所のほうなんですね。

光と闇の話に関して言うと、人はチンパンジーとボノボの間にいると言われます。チンパンジーは超ピラミッド社会で、ボスザルがほとんどのメスを独り占めする世界です。一方でボノボは超フリーセックスな社会です。

二村　同性愛もあるんですよね。

石川　ええ。ボノボにはこんな話もあります。オスとメスが出会った時、挨拶代わりにフェラチオするのだとか。

二村　生殖のためじゃなく、コミュニケーションのための性行為ってことですね。

石川　人間がサルとボノボの間だとすると、禁止の強いシステムと、フリーなシステムの間にあるわけなのでけっこう幅がありますよね。そのなかで、自分が一番気持ちいいのはどういう状態だろうかということを考えてみるのも面白いと思うんです。

二村　昼間はチンパンジー、夜はボノボっていうのがいいんじゃないですか。それが理想的だと思います。

石川　そうですよね。一つじゃなくて複数の顔を持つというか。

二村　僕みたいに「ボノボとして生きてるよ」ということを商売にしている人間もいるけど、ボノボだと成り立たない堅い仕事のほうが世の中には多いわけですよね。それとダブル・スタンダードと言っても、セクハラが横行する業界だったり夜になると同調圧力によって過激な性的ふるまいを強制されるような職業は、ボノボ的スケベさとは無縁です。むしろチンパンジー性が強くて神経症的だと言うべきでしょう。

でも、チンパンジー的に昼間の社会で規範的に生きている人が、どことなくボノボ的な性の匂いを身にまとわせて「あの人は真面目だけど、なんか色気があるよね」と思われていたりする。そういう人が実はクローズド(公表していない)の同性愛者だったとか、ものすごい変態だったりということはわりとある。そういうのは美しいですよね。

†光モテと闇モテ

石川 なぜかはわからないけど、色気があるという人っていますよね。

二村 いますね。色気がある人とない人の違い、もっと言うと、モテる人とモテない人の違いって何ですかね。

石川 それは面白い。

二村 僕はずっとそれをテーマにしてきて、『すべてはモテるためである』(イースト・プレス、二〇一二年)や『なぜあなたは「愛してくれない人」を好きになるのか』(同、二〇一四年)などの著書で「相手の欲望に対して媚びるのではなく、それを自分の欲望としてシンクロして、一緒に発情できる人」、ようするにLGBTじゃなくても自分の心の中の異性性に気づける人が、セックスで相手を喜ばせられる人なんじゃないかとか、いろいろ考察したんですけど。現場でしか考えていないので(石川さんみたいな)東大とかハーバードを出た人に理論化してもらいたいんです(笑)。

石川　僕には山口幹生君という中学校からの幼なじみがいます。彼は下校時間になると、校門に女の子がワーッと待っているような人なんです。しかもまた、かっこいいだけじゃなくていい奴なんです。ただ、自分がモテるということに気づいていなかったんですね。

それで一度、びっくりしたことがありました。彼は大学卒業後、ソニーに入ったんですけど、二五、六歳の頃「最近気づいたんだけど、俺、モテるっぽいんだよ」と言うんです。気づくの遅すぎだろ、と（笑）。

二村　真にモテる人って、いい人なんですよ。ヒエラルキー的には、その下に僕のような非モテ時代のルサンチマンをエネルギーにしてAV男優になってAV監督になっちゃうような者がいて、女性のことをわかっているような顔をして理屈っぽい本を書くことで、かろうじてモテている（笑）。

石川　ある意味、山口君を光とするなら二村さんは闇ですかね（笑）。

二村　そうです。

石川　ハプニングバーで働いていた後輩も闇モテだと思います。見た目は全くモテる感じじゃないんだけど、異常にモテている。では何が秘訣で、どうやって女の子を落としているのか。彼は「自分はハプニングバーで働いてました。こういう性癖があります」と、最初にバーンと言うらしいんです。

二村　あ、それは完全に僕と同じ戦略ですね（笑）。

石川　自分の本能のところをパッと言うと、相手の女の子も「実は私も言えなかったんだけど……」と言う。そこで引き合うらしいんです。

二村　もちろんキャラにもよりますけど、そういうことを最初に言うと女の人から安心されるんでしょうね。

石川　相手も安心するし、闇に惹かれる部分もある。

二村　それもあるし、「この人なら私の闇をわかってくれる」と思われる。

石川　だから光でモテる、闇でモテるという二つの方法があるんじゃないかと。

二村　そうですね。闇でモテることは、僕のことばで言うと「心の穴」に根差しているんです。

天然の光モテは、すばらしいんだけど、なろうと思ってなれるものではない。そして、人間の心に何らかの闇の部分がないと、人々は光モテの異性だけに殺到するんじゃないですか。そして多様性のないハーレム社会が訪れてしまう（笑）。

石川　チンパンジーの世界ですよね。ただ、僕は中学の頃からずっと山口君と一緒にいてりました。「そりゃあモテるよな」と思う一方で、「彼でもなびかない女の人がいる」という発見もありました。

二村 それは、いるでしょう。どういう子が彼に惚れないんですか？　ひねくれている子？

石川 ええ、ちょっとひねくれてる子ですね。そこで初めて「自分みたいな人間にもチャンスがあるかも」と思ったんです。

二村 チンパンジーにならない可能性があると。

石川 そこに僕は希望を見出しながら、中高時代を送りました。大学に入ってからは、それを探す旅を始めまして。

二村 その結果、石川さんは闇モテしたんですか？

石川 闇モテというか、僕は完全に理屈で攻めることにしました。

二村 そうするとどうなるの？　賢い女性にモテますか？　賢くない女性にモテますか？

石川 モテはしなかったですが、理論は完成しました。たとえば金曜日の夜、ツタヤでひとり映画のＤＶＤを探してる子は淋しいに違いないとか（笑）。

二村 超論理ですね（笑）。

石川　そういうことを一個一個見つけていきました。

二村　これ掲載していいんですかね。俺が心配になってきた……。

†ハーバードの人気授業「ポジティブ・セックス」

石川　ハーバードに留学している時、「ポジティブ・セックス」という授業があったんです。日本では、性教育と言っても病気の話ばかりなんですよ。そうじゃなくて、セックスでいかにして気持ちよくなるかということを学ぶんです。一回目の授業のタイトルは"How to get Orgasm"で、「これは面白そうだな」と思って受講しました。実際、めちゃくちゃ人気のある授業だったんですが、男は僕だけでした。なぜなのかと考えると、男はオーガズムが絶対に手に入ると思っているんですよね。

二村　ハーバードでも、わかってない男が多いんですね。射精なんて男性のオーガズムのほんの一部にすぎないのに。

石川　そのほかを知らないんですね。

二村　そう。自分たちは普通に射精できているから「これがオーガズムだ」と思いこんでいる。特にハーバードに行くような男性の多くはエリートで、社会的に女性を支配できているから、自分たちが〝正しい豊かなセックス〟をできていると、たかをくってるんでしょう。そういうのを〈男性社会のインチキ自己肯定〉と呼びたい。

一方、ハーバードで学んでいるような賢い女性ほど「自分のオーガズムは、本当のオーガズムなのか？」「自分は豊かな恋愛やセックスを享楽できているのだろうか？」と懐疑的でしょう。そりゃあ、その授業を受けますよね。ところがアメリカ国内あるいは他の国からハーバードに来ている男性は、それぞれのカルチャーの中で「自分のオーガズムはこれでいい」と思うことを許されていて、石川さんほどそこを考え詰めてないんじゃないでしょうか。

石川　先生は最初「セックスでオーガズムを得るのはほぼ無理だ。だからまず、バイブの使い方を学べ」と言ったんです。そこで取り出したのが、パナソニックの製品でした。

二村　ああ、電マ（電動マッサージ器）ね。これは本当か嘘かわからないんだけど〝Hitachi〟が英語で振動型バイブレーターのことを指すエロ用語になってるって聞いたことがある。〝ハイタチィ〟と発音してるらしいですよ。

『ヒステリア』（ターニャ・ウェクスラー監督、イギリス・フランス・ドイツ・ルクセンブルク合作、二〇一一年）という映画があります。ヒステリー症状の治療法確立のために世界で初めてバイブレーターを女性のマスターベーション用に開発した一八八〇年代のイギリスの男性医師の実話を基にしているんです（笑）。結局ラブロマンスになっちゃうストーリーがアナーキーじゃなくてやや物足りないんだけど、自慰行為の進化は精神分析学と産業革命が支えていたことを描く面白い映画でした。そのエンドロールに世界のオナニー器具の歴史が出てきて、ちゃんと日立の電マも登場するんだよね。

石川 Inspire the Next ですね（笑）。

二村 日立やパナソニック製とは限りませんが、今だと気の利いたラブホテルのベッドの脇には電マが備え付けてあります。

†性教育でどこまで教えられるか

石川 じつはその授業は初回の半分ぐらいが終わったところで、すばらしいと評判になったんです。それと同時に「この授業は男にこそ聞かせたかった。なぜ男は来ないんだ！」と僕がめちゃくちゃ責められて。

二村 あらゆる人種を含めて、教室には男性は石川さんだけだったってことですよね。そこで「イシカワはこの授業に出ているから、いい男だ」という空気にならなかったの？

石川　なりましたよ（笑）。「ヨシキは来てるからいいじゃないか」と言ってくれる女性もいました。

二村　そこで怒っていた女の人たちは、傷ついている女性たちなんだろうなと思うんですよ。男たちがこの授業を受けてくれれば女がセックスで悲しい思いをすることが減るのに、と。それはその通りなんですけど、石川さんを擁護した女性たちは男とコミュニケーションをする気があるから「ヨシキは見所がある！　ヨシキから他の男たちにポジティブ・セックスを伝えてよ」となる。そういうポジティブな話にもなりえるし「だから男はダメなんだよ！」という糾弾トークにもなる。せっかくポジティブ・セックスのための授業なんだから、そこはポジティブに行きたいですよね。

電マの話を補足すると、先生は「まずはここからだ」という意味で電マを出されたと思うんですけど、電マで得られるオーガズムって基本的にクリトリス・オーガズムなんですよね。普通の小さいローターと違って振動が強く、骨盤全体が震えるので、慣れている女性が上手く使えば子宮でのオーガズムも得られる。しかし電マの使いすぎで恥骨が疲労骨折した女性もいます。そこまで行かなくとも、電マばかりに頼っていると電マでしかいけなくなるので、そこには節度が必要です。その授業の先生は女性でしたか？

石川　すごい、何でわかるんですか⁈　確かに女性でした。

二村　先生ご自身が自分も使ってみて良い結果を得たから「まず女性は、これでやってみなさい」と啓発したんでしょうね。

僕も、女性こそ探究心をもってオナニーをたくさんするべきだと考えます。罪悪感は不要です。楽しいオナニーをエンジョイしているほうが、くだらない男に引っかかる率が減る。つまらないセックスをされて「愛されているんだから、これが良いセックスだ」と勘違いしなくてすむ。男性からの精神的な自立です。まずは初歩のクリトリス・オーガズムからでいいから、的確な位置が自分でわかっていれば「あっ、この男は下手くそ」ってわかります。

でも、その人の〈心の穴〉のありかたによっては、オナニーでは満たされない寂しさも生じる。男が自分で「こうすれば自分は射精する」ということがわかっているのと同じレベルで、もちろん女性も「こうすれば確実にクリトリス・オーガズムは得られる」と把握しておいたほうがいいけれど、その先には相手との一体感のあるセックスがある。とろけるセックスを体験できる相手を見つけるには、感情が一方通行ではダメです。相手の心にも穴が開いている。女性も男性も、お互いの「心の穴」に入っていかなきゃいけない。受け身だけでは豊かなセックスにはならないんです。セックスのために自分の体と、そして相手の心のメカニズムを知る、本当はそういうことを教えなきゃいけないと思います。

石川 それは性教育の一環として、ちゃんと教えたほうがいいですよね。

二村 『すべてはモテるためである』（イースト・プレス、二〇一二年）に収録した対談で、哲学者の國分功一郎さんと「哲学者とAV監督が一緒になって、ちゃんと性の教育について考えるべきなんじゃないか」という話をしました。

そして、社会学者の宮台真司さんと共著で『どうすれば愛しあえるの』（KKベストセラーズ、二〇一七年）という本も出しました。

セックスや恋愛の教育プログラムは、衛生学や発達心理学だけじゃなく、それこそ哲学や社会学、ジェンダーの歴史からも知見を得たほうがいい。人間の性は、石川さんのテーマである「よく生きるためには、どうしたらいいのか」にも大きく関係すると思います。

石川 そもそも現代の性教育も、娯楽としてのポルノも、いろいろと貧しすぎる。

光と闇を含めて、ちゃんと性教育の中で教えようと。

二村 そう思うんです。ただし、性の持つ本質的な闇の部分は〈社会の外〉にあるものなので、どこまで社会的な教育機関で教えていいのかという問題はあります。「闇を含んでいるんだよ」というところまでは教室で教えられるけれど、その闇が具体的に何かということについては教科書には書けない。書けるものでもない。興奮しなくなってしまうからです。

でも「すごくデリケートなことだし、人を傷つける場合もある」というところまでは教えられる。幸せや快楽のためにやっているはずのセックスで、なぜ人が傷つくことがあるのか。社会が〈良い社会〉であっても、すべての人が〈正しい恋愛やセックス〉で満たされるとは限らない、それはなぜか。罪悪感を植えつけず、セックスの不道徳な楽しさについても、若い人たちはコッソリと知ったほうがいい。

†性に正しさはあるか?

石川　この間僕はブータンに行ったんですけど、ブータンって夜這いがあるんですよ。

二村　まだ前近代の風習が残っているわけですね。

石川　ガイドの男の子からいろいろと話を聞いたんです。彼らは「ナイト・アタック」をすると言ってました。たぶん夜這いのことだろうと思ったので、「夜這いしたら女の子は嫌がらないの?」と聞いたら、彼はびっくりして「えっ? 嫌がる女の子っているの?」

と言うんですよ。ブータンではそのぐらい、夜這いが自然に根付いているみたいで。

二村　今日は石川さんのほうが下ネタを振ってくれて、俺のほうが理屈っぽい話で答えてるみたいですけど……(笑)、今の話を聞いていて「幸せって何なのかな」と思いました。ブータンのカルチャーにおいて、夜這いというのはレイプではない。夜中に自分の寝ているところまでわざわざやって来てくれた男を、女はもてなすものであり、それで良い子どもが生まれてくれたら老後は幸せだ。共同体の構成員すべてがそういう物語を採用しているなら問題ないわけです。だけど今の日本やアメリカ、ヨーロッパ、あるいは中国の都市部の意識の高い人たちの前でそんな話をしたら、たぶん大変なことになりますよね。

石川　なぜ夜這いの話をすると怒られるんですかね。

二村　現代の女性の感情が傷つくからですよ。ここは重要なところなんだけど、実際にはレイプ被害を経験していなくても、子どものころから傷ついている心が刺激されることだってあります。両親の間の憎しみや支配・被支配が、その家庭で育つ人間を抑圧する。それで生じるのが現代人の「心の穴」です。

もちろん文化の中には〝悪しき伝統〟も、いっぱいあります。男権社会の構造的なレイプや虐待の風習は無くなるべきです。夜這いがあった時代には、年配の女性が青年にセックスの手ほどきをしてくれるのが〈正しくてエロい〉習慣だったのでしょうが、それ自体が女性の尊厳や自由意志を無視した古い共同体からの強制だ、あるいは女性の意志だとしたら逆セクハラだという解釈も成り立つでしょう。

しかし近代化や民主化というのは、あくまで社会的な作業です。セックスの闇の部分の豊かな享楽まで、近代化できるものではありません。

石川　性に関して、普遍的な〈正しさ〉はないと考えるべきなんでしょうか。

二村　あらゆる人間が成長の過程で傷つき、その傷の形は多種多様です。どんなに良い親でも、どんなに良い社会でも、なんらかの形で必ず子どもを傷つけ、その傷の蓄積がその子の人格を形成します。

そして一人一人が、それぞれの性的な嗜好、恋や愛や、セックスの闇の営みで、心の傷を癒そうとする。〈正しく〉育っている人間なんて、この世にはいないんです。

自分はどういうセックスをしたいのか（あるいは、したくないのか）ということを、みんなが自分の頭で、ちゃんと考えるしかない。一部の良識的すぎる人たちが言うような「正しくない性的な表現や、正しくない性的な関係は、正しくないからダメ」という正論は、みんなを幸せにしないと思います。

石川　「これもありなんだ」ということを見えるようにしておくことが、生きていくうえで救いになることがあるんですね。

二村　性に関しては、モラルだけで縛るんじゃなく、抜け道を残しておくことが絶対に必要です。結婚しない自由はもちろん、恋愛しない自由や、セックスしない自由も認められなければならない。

結婚（社会的な生活）と恋（情熱）とセックス（社会の外）って、本来全く別のものですよ。現代社会のシステムが、この三つを一人のパートナーと営むこと、パートナーが異性であれば子どもを産むことまで含めて〈正しさ〉だと決めている。もちろん、それに従ったほうが幸せな人は従うべきでしょう。

しかし従っていたら幸せになれない人は、他人を傷つけないように配慮しながら、上手に裏切るべきでしょう。

石川　明治時代につくられた民法で一夫一妻制が定められていますが、そこまで遡って考えてみる必要があるかもしれませんね。

二村　あるいは、産業革命や近代資本主義の成り立ちまで遡ってもいいかもしれません。〈奴隷〉が〈労働者〉に変化して、我々の性生活や繁殖はお見合いから自由恋愛による結婚に変化したけれど、あいかわらず昼間の社会に制御されています。

富める者が富を次世代に継承するために〈家柄〉というものが発明された。その当時は恋愛というのは結婚とは関係ない、貴族の趣味だった。ところが現代では、庶民も家のため（親や世間体のため）に結婚をしなければならない。

世の中の性に関するモラルは、太陽の光のもとで、どんどん強化されています。一方で社会的な力を使ってセックスに支配関係を持ち込もうとする権力者が増え、損得勘定でそれになびく者も、性的な被害に遭う人も増えていく。

石川　そうするとチンパンジーの世界になっていきますね。

二村　そんな世界は全然エロくない。だからボノボのような愛の世界が必要なんですよ。支配的なセックスでは、個人の心の傷を癒すオーガズムは得られない。それを「愛が重要なんだ」とか表現すると説教くさくなりますけど、「ボノボ的な、色気のある世界を生きようよ」と言うと、ちょっと粋《いき》じゃないですか。

（二〇一七年一一月二一日）

松嶋啓介――アートとは何か？

松嶋啓介（まつしま・けいすけ）
料理人・レストラン経営者。一九七七年福岡県福岡市生まれ。高校卒業後、「エコール辻東京」で料理を学び、東京・渋谷のレストラン『ヴァンセーヌ』勤務を経て、二〇歳でフランスへ渡る。二〇〇二年二五歳で、南フランスのニースにフランス料理レストラン『Kei's Passion』を開店。地元の食材を用いた斬新な料理を提供、二〇〇六年にはミシュランガイドで「一つ星」を獲得。同年、名称を『KEISUKE MATSUSHIMA』に改める。二〇〇九年、東京・原宿に『Restaurant-I（レストラン アイ）』を開店。現在は『KEISUKE MATSUSHIMA』と改名している。

松嶋さんの第一印象は最悪だった（笑）。初めて出会ったのはとあるイベントで、会場には二〇〇人近い人がいた。その中心にいたのが松嶋さんで、本業の料理だけではなく、芸術、政治、テクノロジー、経営など、多彩なテーマを次々に繰り出しながら楽しそうにお話をされていた。

「自分とは全く違うタイプで、ああいう人がスターって言うんだよな」そんな想いで松嶋さんをみていた。会場の隅っこでポツンとしている自分と比べてしまい、やっかみもあって松嶋さんの印象が悪かったのだろう（笑）。ただ、その後ひょんなきっかけでプロジェクトをご一緒し、「めちゃくちゃいい人だ‼」とその人柄にすっかりほれ込んでしまった。

「クリエイティビティは移動距離に比例する」を信条とする松嶋さんは、文字通り世界中を飛び回り、現地の料理はもちろん、歴史や文化など様々なことを吸収し、ご自身の活動に活かされている。私も、そんな松嶋さんに影響を受けて旅が好きになり、何度か旅をご一緒させてもらったこともある。

その中でも特に記憶に残っているのが、南仏ニースからイタリアのミラノまでゆっくりと海岸沿いをドライブしたことだ。その時、「天才シェフはそうやって発想し、新しいレシピを生み出しているのか！」という発見があったのだが、その詳しい内容はぜひ対談で。

†アートを「芸術」と訳すことの誤り

石川　今回、啓介さんには、料理の話だけではなく、「アートとは何か」ということもたっぷりお聞きしたいんですが。まず、何から語ってもらいましょうか。

松嶋　アートを「芸術」と訳すことの間違いから入りましょう。アートは芸術ではないんです。日本では翻訳を誤ったから、人々がアーティスティックに人生を楽しむということがわからなくなってしまっています。

石川　「芸術」というと、なにか特別な人がするもののように感じられますね。

松嶋　アートって、もっと自由なものなんですね。僕がそれに気づいたのは娘が四歳の時、今から一〇年前ですね。学校が娘をニース近代現代美術館に連れていくわけですよ。

娘が家に帰ってきて「学校の授業で近代現代美術館に行ってきた」と言うから「何やったの？」と聞いたんです。そうしたら「『絵を目の前にして何を感じますか』と言われた」と。

シャガールが描いた絵とかピカソが描いた絵とか、そういうことじゃなくて「この絵を通してあなたは何を感じますか？」と聞かれ、感想を言わされる。四歳からそんなことをやってるわけです。つまり、そのアートを通して感じること、導き出される答えはひとりひとり違うということを最初に教えるんです。

石川 技法じゃないんですね。

松嶋 そう。「芸術」はいろんな技法・見方の「術」だから、日本では「あなたはその術を知らないの?」と、決まった答えがあるかのように捉えられてしまう。でも、ヨーロッパではまず「あなたがアートを見て感じることがあなたにとっての答えで、みんな同じ答えである必要はない。ひとりひとり違っていていい」ということを教える。それがアートなんです。

だからヨーロッパでは、僕みたいな異分子がアーティストとして認知される。たぶん日本だったら、悪玉コレステロールみたいに見られると思いますよ(笑)。

石川 なに増殖しているんだと(笑)。では、アーティストってどういう存在なんでしょうか。

松嶋 音楽、絵画、建築など、いろんな分野のアーティストがいますよね。彼らに時々「なぜこういうのをつくりたくなったの?」「アーティストの役割って何だろう?」と聞くと明確な答えが返ってきます。世の中で起きているさまざまな問題、あるいはその問題が起きている状況を作品に込め、社会にわかりやすく伝える。それがアーティストの役割だと。

たとえば、ピカソがスペイン内戦中の一九三七年に描いた「ゲルニカ」がそうですね。直接的に戦争の絵を描いたら、牢獄に入れられてしまう。だから彼は自分の技法を使い、面白おかしく変てこりんな絵を描いたんだけど、あれは「ゲルニカ」というタイトル通り、ドイツ空軍のコンドル軍団によってビスカヤ県のゲルニカが受けた都市無差別爆撃（ゲルニカ爆撃）を主題としている。彼はこの絵を描いているとき、ドイツ人に「君は何を描いてるんだ」と聞かれ「これを描いてるのは僕じゃない。あなたです」と答えた。これは有名な話ですけど、アートってそういうことなんですよ。

あるいは、ジュネーヴにあるユネスコの前の広場に行くと、一〇メートルぐらいの高さのすごく大きな椅子がある。でも、四本脚のうちの一本は途中で欠けている。これは、地雷を表現しているんです。

これを見たとき「コンテンポラリーだな」と思いました。それで、コンテンポラリー（contemporary）という言葉をあらためて調べると、con は「共有する」、temporary は「時代」ですから、時代を共有しているものをコンテンポラリーと言うわけです。

石川 アートは、コンテンポラリーなものなんですね。

松嶋　うん。それで自分の料理も、土地に合った食材を、現在の技術を使いながらコンテンポラリーにしていこうと思ったんです。だからよけいなことはしない。「松嶋さんの料理がおいしかった」と言われるよりも、「ニースの味が楽しめてよかったよ」と言われるほうがいいからね。

†土地を感じるために、自分を空っぽにする

石川　いまのアートに関する話は、以前、啓介さんから聞いたエピソードともつながりますね。フランスで修業していた時に「お前みたいに料理が下手な日本人は見たことがない」と言われた（笑）。でも、啓介さんは料理の発想に興味があって、シェフにしょっちゅう「どういう発想でこの料理を考えたんですか？」と尋ねていた。つまり、何をどう感じて、それを表現したのかということに興味があったわけですね。

松嶋　一番最初に、誰も考えていないことを見つけていく。僕はそこに興味があったから、修業中は「シェフ、なぜこれを考えたの？」と聞いていた。そうすると「俺の地元にはこういう生産者がいて、こういう食材がずっと根付いてきている。俺は、この食材をどうやったら今の人たちに食べてもらえるかと考えながら料理している」などと返ってくるんで

すよ。あるいは「この土地には昔、○○さんというおばちゃんがいて、こういう料理をつくっていた。俺はそれを今風によみがえらせたいと思って、この料理を考えた。それでできたのがこれだ」とか。だから、「つくり方を教えてください」じゃないんですよ。

でも、多くの日本人シェフはつくり方を教えてほしいと思ってフランスに来るから、すぐに「レシピください」って言います。日本で修業してきているから技術はある。だから見よう見まねで表面的なデザインの真似ばかりしてしまう。でも、言語力がないから「なぜこれが誕生したのか」ということを聞けないんです。

なにか言うにしても、「この食材は何度で何時間加熱したらこうなるんだな」とか「ここでレンズ豆を組み合わせているのは面白いですね」ぐらいしか言えない。だから僕とは、話している論点が全然違うわけです。僕はシェフとの対話を大切にして修業していた。どこにどういうふうに旅をすれば、どういう行動をすれば料理を極めることができるのか。そういうコツを修業中につかんでいたから、別に技術なんて要らないと思っていました。

石川 そこが啓介さんの面白いところですよね。

松嶋 その発想法は料理だけでなく、すべてに応用が利くわけです。

石川 啓介さんは世界各地の料理を、自分のものにしている。そんな人っていないですよね。その土地にふらっと行った時、何をどう感じたらいいのか。啓介さんはそれをよくわかっているから、料理がアートになる。そして、感じたことをレシピにするロジックもあるわけですよね。

松嶋　料理は基本的に「うま味・薬味」の違いですね。土地ごとのうま味・薬味が絶対にある。その二つをその土地の食材で表現すれば、その土地の人がおいしいと言ってくれる。そういうロジックも絶対にあるわけです。それさえ踏み外さなければ、どの土地のどの市場に行っても、そこにある食材でおいしいものをつくれるんです。

石川　その土地で何かを感じようとする時は、何をしているんですか？

松嶋　ジョギングと歩くこと、あと自分を空っぽにする努力をする。

石川　『エクセレント・カンパニー』という本を書いたトム・ピーターズという有名な経営コンサルタントが「イノベーションに一番重要なのは、学ぶことではなく忘れることだ。忘れることが意外と難しい」と言っていました。まさに、自分を空っぽにするということですね。

松嶋　人間って視覚からのインプットがすごく多いんだけど、頭が固かったらそれが入ってこないんですよ。とにかくその土地に行ったらリラックスして、スポンジのように一度全部絞り出した後に景色を見ながらそこを走る。そうやって「百聞は一見に如かず」の状態を自分でつくっちゃう。そうすれば、見えることすべてからインスパイアされるようになります。

†イギリスの発酵食品はお茶だった！

石川 以前、ロンドンから電話もらったときも走っていたんですよね。

松嶋 そうそう。ロンドンで走りながら「なぜこの国では保存食がないのに、人が定住しているんだろう」と考えていたんです。僕のロジックでは、保存食がないと人は定住しないんですよ。イギリスにはそもそも保存食がない。だからうま味がないし、まずいものばかりで、生きるために食べられればいいというような印象があった。

フランスとは全然違うんですね。フランス人は「生きる喜びは食べる喜び」と考えますが、イギリス人は「生きるために食べられればいい」と考える。でも世界中を見回してみてもわかるように、保存食がないことにはその周りに社会を形成できないんですよ。

石川 フランスの保存食ってどういうものがあるんですか？

松嶋 たとえばチーズがそうですね。

石川　イタリアだと瓶詰のトマトがありますね。

松嶋　フランスやイタリアには保存食がたくさんあるんですけど、イギリスではチーズもそんなに多いわけではない。僕は「イギリスに保存食がないのはなぜだろう？　絶対に何かあるはずだ」と考えながら走っていた。すると、「thé」という言葉が目に入ってきたんです。フランス語でお茶は「thé」ですよね。それを見て「ああ、イギリスの保存食はお茶だ。イギリスはお茶がおいしいよね。フランス人もお茶を飲むのが好きだしな」と思ったんです。

さらに走り続けて住宅地みたいなところに入ったところでは、もう確信しました。「イギリス人はお茶好きで、ガーデニングしながら家の裏側でお茶飲んでいる。発酵食品ここにあり」って。

石川　お茶が発酵食品と結びついたわけですね。

松嶋　ええ。僕らは食生活の中で発酵食品をとっていて、そこには必ずうま味が入ってます。うま味って、人をほっとさせるんですよ。でも、うま味が全然入っていないイギリスの食事だけでは、ほっとすることができない。じゃあ、どこでうま味をとっているのか。それがお茶だったんですね。

彼らが紅茶をあんなに飲むのは、「ハーッ」と息を吐けるからです。お茶を飲むと、ほっと一息つけますから。そこで僕は「ああ、ホットティーだ。ティーはホッとさせてくれる」と気づいたんです。

石川 いまのはギャグですよね（笑）？

松嶋 そうだよ（笑）。このことがわかった瞬間、僕は善樹に電話をかけて「大発見があるんだ。ホットティーだ！」と言ったんですよね。

石川 あのときはびっくりしました（笑）。

松嶋 うま味をとり入れると息が吐ける。人間は息を抜かないことには生き抜けない。これも一応ギャグですよ。

石川 親父ギャグですね（笑）。

†料理はその土地で育まれたアート

石川 以前、啓介さんと一緒にニースからミラノまでドライブしたことがありましたよね。海沿いのすごい景色を見ながら走ってると「善樹どう？」と聞かれて、僕は「ほっとしますね」と言ったんです。啓介さんはその時「その感覚を料理で表現するんだ」とおっしゃっていた。それを聞いて「そうやって発想するんだ」と思ったんですよ。あれは僕の中でもすごく印象的でした。「景色、きれいですね」と言ったら、「そういう感覚を込めるのが料理だ」と。

松嶋　料理って、その土地で大切に育まれているアートなんですよね。その土地に根付いたアートがずっと伝承されていく。面白いことに、アートには伝統と革新という二つの要素があり、常にデザインが変わっていく。

昔は鍋でやっていて、その後フライパンになったかもしれない。あるいは、今後は真空調理になるかもしれない。そうやって時代の変化とともに技術というデザインは変わっていくわけですが、フランスはそういうのがすごく得意なんです。伝統と革新という言葉を使いながらどんどんアップデートしていくんです。

石川　「デザインとは、今あるものを古くする技術である」という言葉を聞いたことがあります。デザインは今まであるものを古く見せる。デザインされた瞬間に、それは新しくなるじゃないですか。そうすると、今までのものが古く見えるんですよ。今まであったものを古く見せる技術がデザインで、古く見せない技術がブランディングであると。ブランディングができた状態でデザインしていかないと、どこに行き着くのかよくわからなくなってしまうという話があります。

啓介さんはニースで暮らしながら、ラタトゥイユやスズキのパイ包み焼きなど、ニースの伝統料理をうまくデザインしています。土地に根ざしながら、新しさも感じさせる。でも、「これが松嶋啓介の料理だ！」と主張しないですよね。

松嶋　全く新しい食材を組み合わせて、「どうだ、俺を見てくれ」とアピールするような料理って食べると疲れちゃうんですよ。でも、人々は往々にしてそういう料理を評価してしまう。

僕は最近の若いシェフたちがつくる料理にはうんざりしています。愛情を感じないんです。とにかく自分がどこに根ざしているのかが見えてこない料理が増えてしまっている。では彼らは、その愛情をどういうふうに表現しているか。たとえば「僕は丹精を込めてつくりました」とか言うんですけど、僕は次のように言います。「丹精なんか込めなくていい。それよりも自分たちがどこに足を置き、根を張っているか。そこに対する敬意を持ったらいいんじゃない？」って。

†ＡＩにコンセプトはつくれない

石川　啓介さんと僕らはいま、ＡＩ（人口知能）が考えた料理を出す食事会をしていますよね。ＡＩが得意なのは思いもよらない組み合わせを見つけることです。でも、ある一つのコンセプトに沿って組み合わせることはできない。つまり、コンセプトを学ぶことがまだできない。たとえば、ＡＩは「南フランス」というコンセプトで料理を組み立てることはできないんですよ。

松嶋　コンセプト（concept）の con は「共有」、cept は「キャッチする・つかみ取る」という意味です。コンセプトというのは、多くの人の心をキャッチしないと成り立たない。そのなかには、不合理なものも入っていますよね。

でも、ＡＩが出してくる答えって、今の時代の人たちの悩みを全部リサーチし、エビデンスを集めたうえで出しているわけじゃないですよね。あくまでも、効率的に集められるデータから導き出すものにすぎません。だから、非効率的だったり非合理だったりする問題に対する答えやコンセプトをＡＩが出せるかというと、出せないんですよ。

石川　任天堂の Wii を考えた玉樹真一郎さんが、『コンセプトのつくりかた』（ダイヤモンド社）という本を出しています。これはすごく面白いんですが、次のようなことが書かれています。いろんな人が「自分はこうなりたい」「社会はこうあってほしい」というヴィジョンを持っている。そういった複数のヴィジョンが抱える複数の問題を一気に解決するのがコンセプトである、と。

たとえばニースであれば、そこに住んでいる人たちはそれぞれ違うヴィジョンを持っているんだけど、「みんな違ってみんないいね」ではコンセプトにならない。

松嶋　世の中のカオスから新しいコンセプトが生まれる。だから、いろんな情報を得て、それらを咀嚼するというプロセスが必要です。

†毎日を旅にする

石川　自分なりのコンセプトを見つけるために、何をすればいいですか。

松嶋　旅をしなきゃいけないし、それに加えて、自分の人生が毎日旅だと思えているかどうかが大事だと思います。

石川　ぼーっと何も考えずに通勤するか、何かを感じようとして通勤するかでも全然違いますからね。

松嶋　毎日同じ方法で通勤しなきゃいいのに、と思いますよ。僕なんか、寄り道しかしてないから。そうしたら毎日が旅になるわけですよ。

石川　スタジオジブリの鈴木敏夫プロデューサーも、毎回クルマのルートを変えて会社に行くそうです。そうすると、「ああ、ここ通れるのか」という発見があります。

松嶋　もう一つ大事なのが、咀嚼です。一日の旅を本当に自分で咀嚼しているかというと、みんなしてないでしょう？　たいていの人は一日を無駄に過ごしているから、一日を振り返らない。だから、ルーティーンと思っちゃ駄目なんです。ルーティーンと思わせているのは自分だから。

石川　僕は「旅のよさってなんだろうか」と考えることがあります。何かよいものをつくろうとする場合、既知のよさと未知のよさがある。既知のよさにかんしては、メディアを見ればだいたい書いてあるし、お店に行けばそういうものが売られている。でも既知のよさを追いかけても、何も起こらないじゃないですか。

では、未知のよさとはどういうものなのか。自分ですでにいいと思っていることじゃないところに未知のよさがある。だから自分にとってすごく無駄に思えること、非効率的に思えることをやらざるを得ないと思うんです。それが未知のよさにたどり着くための近道なのではないかと。
だから、旅って未知のよさに気づきやすくなるんです。旅をしていると、自分が普段しないようなことをいっぱいしますから。

松嶋 逆に言うと、ガイドブックの写真を確認するような旅は、全くもって意味がないですよね。何の情報も持たずに、わざとノープランでぶらぶらしたり、クルマを走らせる。やっぱり自分を空っぽにして動かないと、未知のものには出会えないんです。

石川 調べるよりもまずは体験する。先に体験すると、その後の学習も吸収が早いかもしれませんね。

†咀嚼できない時代

石川 アートは、人々に対する問いかけでもありますよね。作品を通じて、「自分はこう思うけれど、みんなはどう感じるだろうか?」と問いを投げかけるわけですから。

松嶋 ええ、アートはコミュニケーションです。アートというツールを通して、自分が見ているコミューンに対するアクションを取る。それがコミュニケーションです。アートによるコミュニケーションとは、自分が見てきている世界の問題をアートの作品に込めて伝えるということです。

フランスは、なぜアーティスティックな国なのか。フランスはヨーロッパのすべての中心で、どこにでもアクセスできるから、つまり常に周りの国とコミュニケーションをとらなきゃいけないからです。そして、それはアートを通してコミュニケーションするんです。

僕は、フランスから芸術文化勲章「シュヴァリエ」をいただきました。もらえると決まったとき、この勲章について調べてみたんです。日本の文化勲章は文部科学省の管轄ですが、フランスだと文化・通信省です。ここにも、コミュニケーションして人に伝えなければアートにならないという考えが入っているんです。

石川　文化とは、伝えるものだという価値観があるんですね。

松嶋　そうです。僕の技術がすごかったからではなく、日本にも世界にもフランスの価値を通信し、伝えきっているから勲章をもらえた。たしかにある技術を用い、なおかつ日本の文化を採り入れてフランス料理を進化させたかもしれないけど、それもまたコミュニケーションの一つです。伝えているから、通信しているからこそ、芸術・文化・アートになっている。そういう評価なんですね。

コミューン（commune）にたいするアクション（action）だからコミュニケーション

(communication)で、いろんな国・土地・場所に行っていろんな人と対話する。そこでは異なる人種・年齢層の人とも話すわけですが、その人たちに伝えられる方法論は何か。答えは一つではないはずだけど、それを伝える方法を考えようと常に思っています。

相手が鵜呑みにしてしまうようなコミュニケーションと、咀嚼や解釈をしてもらえるようなコミュニケーションでは、使う単語が違ってくる。鵜呑みにしているだけだと、頭に入りません。解釈できてはじめて、みんな腑に落ちて納得するんです。

石川 相手に考える余地を残して、問いを投げかけるわけですね。

松嶋 それが新しい教養だと思います。つまり、考えさせる教養です。まずは「これ、何だっけ？」と思わせて咀嚼させる。今の時代は、そういう考えさせる問いを発信できるようにならないと駄目ですね。

食べ物も同じです。みんな今、嚙まないでしょう。本当に咀嚼のない時代になっちゃった。本来であれば、ひとりひとりがいろんな解釈をもって生きていかなきゃいけないんだけど、咀嚼しない。今は解釈がない時代で、頭の中だけで考えて知ったかぶりしてる人たちがたくさんいる。自分のアイデアがない人ばかりだから、常に時代のリーダーを求め続けるという状況になっている。でもその時代のリーダーも人だから悪い時や駄目な時もあって、そういう時にはすごく集中砲火を受けることになる。こういうことを繰り返すようになったのは、みんなが咀嚼しなくなったからです。みんな解釈していないし、腑落ちした人生を過ごしていない。

石川　たしかに咀嚼できない時代になっている感じがしますね。

†砂糖、油、塩からの解放

石川　この間、ISSEY MIYAKE のデザイナーをしている宮前義之さんが「シャネル以降、新しいコンセプトは出ていなくて、その時々の流行りしかない」と言ってました。シャネルは女性をコルセットから解放し、女性の新しい生き方を提案したけれど、それ以降に出てきたものは文化になり得ていない。つまり、時代を超える普遍性を持ったものではなかったのではないか、とおっしゃっていたんです。

新しいコンセプトが生まれないことと、咀嚼できない時代になってきたこととは何か関係がありそうです。

松嶋　おっしゃるとおり。僕らが今やろうとしていることは「解放」なんです。「砂糖漬け・油漬け・塩漬けになった社会から解放しようぜ」と。だから、しっかり噛む、咀嚼する料理を出すんです。

石川　砂糖・油・塩というのは手っ取り早くおいしくする方法ですよね。やせられない人って、砂糖、油、塩をたくさん使った食事ばかりしています。

松嶋　僕の言葉でいえば、アッパー系の味で、ほっとさせる味ではないんですね。僕のニースのお店は、一九四二〜四三年にレジスタンス運動の最高責任者、ジャン・ムーランが隠れていた場所なんです。僕もムーランの信念を引き継いで「俺もレジスタンス活動をしよう！」と思っています。つまり、資本主義が生んだ砂糖・油・塩から人間を解放しようと。

石川　まさにレジスタンス！

松嶋　この間、フランスの農業・水産大臣から農事功労賞をもらったので、授賞式でスピーチをすることになりました。「何を喋ろうかな。フランス語だと大変だし」と思いながら、ニース市長のスピーチを聞いていたんです。

最初は、あらかじめ用意した文章を読んでいるだけでした。でも、それを読み終えると、「ここからは私の大親友のケイについて語ります」と言って話し始めた。そうしたらまあ、かっこいい言葉がずらずら出てくる。その話を聞いていたら、こっちのテンションもどんどん上がってきちゃったんです。

石川　啓介さんは、どんなスピーチをしたんですか。

松嶋　まず「皆さん、こんなにうまいこと喋る市長の後で喋るのはけっこう大変ですよ」なんて言って笑いを引き出し、僕のこれまでの人生について話しました。

「この街は光が綺麗でみんな顔を上げていて、海が大きいから心が開いている。それが、この街に住み始めた一番の理由です。ここに長く住んでみて、最近いろいろと気づけたことがある。でも僕が気づけたこの世界に、あなたたちは気づいていない。僕はたまたま日本人だったから、気づけたこともある。一五年間ニースに住んでいろいろな人にお世話になり、気づけたこと。これを今後、どうこの街に還元していくか。この街を通して、いかに世界をよくしていくか。僕はそういう鍵を見つけた。今後は今日いらっしゃる方々とそういうことをシェアしていければいいなと思っています。

皆さんがよくご存知の市長はもともとスポーツ選手で、彼がニースを一歩前進させてくれました。ニースではスポーツの大会が増えましたよね。道路が一本なくなって、その代りに自転車用の道路ができた。そのおかげで、自転車で走りやすくなり、街の人たちが健康になった。これはすごく革命的なことで、こんなことをやっている市や市長はなかなかないですよ。
しかもその市長から僕は賞をもらえてハッピーだ。皆さん、彼の師匠であるジャン・ムーランを知ってますよね。みんなまだ、あの人の価値をわかっていない。
また、前市長は市民の健康のことを考えて料理本を出しました。世界中を見回してもそんな例は見たことがない。僕はいまだにあの料理本をバイブルとして使っているけれども、あの本の本当の価値に誰もまだ気づいていない。
ニースのかつての市長は食に力を入れ、今の市長はスポーツに力を入れている。市長はスポーツ、僕は食を通して世界をこじ開けていきます。ご期待下さい」。そうスピーチしたんです。

石川　次の市長になっちゃうかもしれない（笑）。

松嶋　しかも僕は、かつてジャン・ムーランが隠れていたところで店をやってますからね（笑）。

（二〇一八年一月一五日）

松王政浩――証拠とは何か？

松王政浩（まつおう・まさひろ）
一九六四年大阪府生まれ。一九九六年京都大学大学院文学研究科博士課程修了。静岡大学情報学部助教授などを経て、北海道大学大学院理学研究院教授、京都大学博士（文学）。訳書に『科学と証拠――統計の哲学入門』（エリオット・ソーバー著・名古屋大学出版会）『科学とモデル――シミュレーションの哲学入門』（マイケル・ワイスバーグ著・名古屋大学出版会）がある。

さて、最後が松王先生である。実は、今回の対談で初めてお会いした。雪がちらつく中、遅れてはならじと北海道大学に約束の三時間前に着いて、お会いすることができた。

私に松王先生のことを教えてくれたのは、Amazonだった。ある時から何度も何度も『科学と証拠――統計の哲学入門』という本をレコメンドしてくるのだ。「統計の哲学」に特に興味を持っていたわけではないのに、どうしてだろうかと不思議だった。

しかし、あまりに何度もレコメンドするので、「これも一つのご縁だろう」と思い購入して拝読したら、目玉が飛び出るほど面白かった。「まさに、こういうことを知りたかったのだ‼」、膝をたたくとはこういうことかと思った。

松王先生は科学哲学を専門とされており、その観点からこの本では「証拠とは何か？」という問いを深く追及されている。原著者はエリオット・ソーバーという方だが、巻末にぎっしりと書き込まれた松王先生の七〇近い訳者注釈の方が、圧倒的に読み応えがあった。完全に主役たる本文を喰っていた。

「一体、松王先生というのはどんな傑物なのだろうか？　ぜひ一度お会いしたい！」そんな想いがふくらんで、今回の対談に至った。

†文系と理系という分け方が嫌いだった

石川　松王先生は、アメリカの科学哲学者の大家であるエリオット・ソーバー先生の『科学と証拠――統計の哲学入門』を訳されています。私は、Amazonから先生の本を推薦してもらって「これが知りたかったんだ！」と興奮して入手したんです。

実際に読んでみると、ものすごく面白い。しかも先生が書かれている解説がさらに面白くて、もしかしたら訳者である先生のほうがソーバー先生よりわかりやすく教えてくれる人じゃないかと思い、ぜひお話を伺ってみたいと思いました。

この本に書かれている内容に関しては、のちほどじっくりお話しいただきたいのですが、最初に先生がどういう経緯で、専門である科学哲学の研究に取り組むようになったのかを教えてください。

松王　学部で学位をとってから三〇年も経っているので、どこからお話をしたらいいのか戸惑いますが、大前提として、理系、文系という分け方が大嫌いと言いますか、私に合わないなとずっと思っていたんです。

石川　それはいつごろからですか。高校生ぐらいから？

松王　高校生のころからですね。どちらかだけを専門的に勉強するのは、自分の趣味に合わないし、どちらもやりたい。そういう受験生はあまりいないかもしれないけれど、私は高校三年生のときに文学部を受けようか、それとも理学部を受けようかで迷ったんです。文系と理系の両方に興味・関心があって、何か一緒にできるような研究分野があればいいなということを、もうずっと考えていました。

結局、入学したのは京都大学の文学部で、最初は倫理学を勉強していたんですが、ちょうど私の指導教員だった内井《うちい》惣七《そうしち》先生が「科学哲学」という新しいコースをつくられた。これこそ自分がやりたいと願っていた分野ではないかと思い、私もそちらに入ることにしました。これが科学哲学に入ったきっかけですね。

石川　なるほど。まだ当時は、科学哲学という分野じたいが、それほどメジャーではなかったんですね。

松王　そうですね。少なくとも日本の大学では、きちっとした形で教育の中に入っていませんでした。

石川　当時の先生は、科学哲学をどのように捉えていたんですか。

松王　大ざっぱに言えば、科学研究をそのままおこなうのではなくて、その前提になっていることや、あるいはその判断の基準を探るのが科学哲学なんだろうな、と。まあ、だいたいその見方は間違っていなかったなと思います。

石川　素人的に考えると、科学も哲学も両方とも歴史がありすぎて（笑）、これをガッチャンコするというのはさぞかし大変なんだろうと思ってしまうんですが。

松王　まあ、ただ歴史的なことを言えば、科学と哲学は最初から違う分野として成立して、発展してきたのかというと、決してそうではないわけですよね。もともとは、哲学という大きな枠組みがあり、その中の一分野として「自然哲学」があった。それが、今日の科学として成立していったわけです。

石川　そうですよね。ニュートンも科学者ではなく自然哲学者だった。

松王　一七世紀、一八世紀はそうですね。それがだんだんと哲学と科学に分化していくことになりましたが、科学哲学は、ある意味では、そのように分岐した道をもう一度一つにしようという考え方が根っこにあると思います。

†確率の解釈は一つではない

石川　では、本の内容について伺いたいんですが、まず先生の訳者解説では、「確率の哲学」と「統計の哲学」は違うということが書かれています。このあたりから、お話しいただいてもいいですか。

松王　はい。「確率の哲学」とは一言で言うと、「確率とは何か」という解釈です。なぜ、そんなことを考えるかというと、確率の解釈は一通りではないからですね。

石川　一見、自明に思えるんですが。

松王　思えますよね。たとえば、サイコロを振って一の目が出る確率は、多分小学生でも「六分の一」と答えると思います。じゃあ、「六分の一」の根拠は何か。それを考えてみると、六面あってそのうちの一つだからというのは、一つの解釈です。でも実際には、現実にあるサイコロを振って実験すると、必ずしも六分の一にならないかもしれないわけですよね。

石川　一〇回振ったら、絶対六分の一にはならない（笑）。

松王　ならないですよね。そうすると、六面あるうちの一つだという解釈は、「論理主義的な解釈」と言われ、実際にサイコロを振るほうは「頻度的な解釈」と言われます。ですから、確率は決して自明なものではなく、それをどう解釈するかということが非常に重要になります。そこで、いずれの解釈が妥当かということを議論するのが、「確率の哲学」

です。

それに対して統計というのは、与えられたデータを解析して真の平均などを推定するという話ですよね。もちろんその背景として、確率をどう解釈するかということは入ってくるけれども、主題としては解析手法が焦点になります。その解析手法の妥当性を検討するのが、「統計の哲学」ということになります。

✝ロイヤルの三つの問い

石川　証拠からどのような推論を行うのが妥当なのかを考えるということですね。私は、この本の冒頭に出てくる「ロイヤルの三つの問い」を読んだだけで、感動しました（笑）。「証拠から何がわかるのか」「何を信じるべきか」「何をなすべきか」は、区別しなければいけないんだ、と。

松王　ええ。目的が違う。

石川　たとえば私の専攻である公衆衛生の分野で言うと、「タバコを吸うと健康に悪いのか」という問題も、この三つの問いで整理できると思ったんです。「現在の証拠から何がわかるのか」というのは、喫煙者が三人いたときに、一人は健康を害することになる。片や二人は健康のまま過ごす。これが証拠から言えることですね。

松王　直接言えること、最初に言えることはそれですね。

石川　「何を信じるべきか」は、タバコは健康に悪いと信じるかどうかという問題で、これは信念にかかわる問いです。「何をすべきか」は、タバコをやめるべきかどうかという行為にかかわってくる。この三つは全然違う問いだということが、私にはものすごい衝撃で。

松王　ああ、そうですか（笑）。

石川　世の中のさまざまな議論を見ると、こういった問いの区別を自覚しないで、いろんなことを言ってますよね。私も、なぜレベルの違う議論をするんだろうとモヤモヤしていたんですが、こういう整理をすると、すごくよくわかる。

松王　そうですね。ロイヤルさんの場合は、科学的な探求としてはどの問いが一番ふさわしいかを最終的に考えようとしています。彼の立場は、「証拠から何が言えるか」に答えていくのが統計学の仕事だし、科学における統計学として妥当な形だというものです。

石川　この「ロイヤルの三つの問い」に対して哲学的な基礎づけをしていったのが、ソーバー先生なんですね。この本に初めて触れたとき、松王先生はどういう感想を持ちましたか。

松王　もう本当に、心躍りましたね。ああ、これがやりたかったんだ！　ということでね。幸いなことに、この本にはヒントがちりばめられているんですけど、詳しい背景的な議論についてはほとんど書いてくれていない。だから、この本は注釈がすごく多くなったんですけれども。

石川　ああ、そうですよね。僕もこの注釈を何度も何度も行ったり来たりしながら読んだし、注釈そのものが勉強になったので、とてもありがたかったです。詳しい訳注が七〇近くあって、どれも非常に丁寧に書かれています。

松王　この訳注をつける作業が、もう楽しくて仕方なかった。本当に寝食忘れる感じでやってました。自分が学べる喜びもあるし、こういう形で世の中に「統計の哲学」を紹介できることの喜びと両方ありましたから。これを訳していた期間は、僕の人生の中でも一番楽しい時期の一つかもしれませんね。

†エビデンスをどう考えるか

石川　この本は、統計学についてかじったことのある人は、ものすごく面白く読めると思うんですが、統計学を知らない人だと、なかなか読み進めるのが難しいかもしれません。

そこで、一般的な話題を材料にしたいんですが、最近「エビデンス」という言葉が、メタボと同じぐらい広まっています（笑）。何かの効果を説明するときに、二言目には「エビデンスに基づいて」とか言いますよね。昨今のエビデンス流行りについて、先生はどうお感じですか。

松王　エビデンスを求めること自体は、それほど悪いことではないと思います。実際、本の中で支持されている「尤度《ゆうど》主義」は、エビデンシャリズム、証拠主義とほぼ同義で言われていますから。

石川　尤度主義を嚙み砕いて説明すると、どういうことになるでしょうか。

松王　尤度主義は、基本的に比較に基づく考え方です。異なる仮説が二つ以上ある場合、得られたデータを導く上でどれが一番確率的に有意になるかというようなことですね。そういう相対的な比較の中で仮説を評価しようというのが尤度主義です。

それに対して「頻度主義」という言葉があります。こちらは、しばしば仮説を棄却する、あるいは採択することまでやる。つまり、正しいか間違っているかという判断をするんです。尤度主義は単に相対的な比較しかしないということですから、「どちらのほうがより支持されるか」というところで判断をとどめようとする。これが尤度主義の基本的な考え方ですね。

石川　尤度主義は、真偽の判断まではしないわけですね。

松王　ええ。一足飛びにそこまで行かないし、行けないでしょう、というのが尤度主義です。だから非常に控えめな考え方とも言えるわけですが、確実に言えることにとどまろうとする、より客観的な結論を得ようとする立場であるとも言える。

石川　いまの話をふまえたとき、最近のエビデンスはどう整理できますか。

松王　その場合、エビデンスが何を指すかが問題なんですよ。それがもし尤度主義的な考え方に基づくのであれば、非常に健全なものだと思います。しかし、一般に多用されているエビデンスは、おそらく尤度主義とは違いますよね。あちこちにはびこっている「エビデンスに基づいている」という言い方は、「統計的なp値（有意確率）を用いて、正しいかどうかを判断しました」という形で使われていることが非常に多いと思うんです。

石川　たとえば、飲み物Aと飲み物Bを比べて、Aのほうが効果があることを示す場合、「AとBには効果の差がない」という逆の仮説を立て、それが起こる確率を調べる。これがp値ですね。このp値が、〇・〇五より小さいと、「AとBには効果の差がない」という仮説が棄却されて、Aのほうが効果があると判断する。トクホ（特定保健用食品）なんかでも、p値が〇・〇五より小さいことをエビデンスと呼んでいます。

松王　そう思いますね。でも、その考え方はもう改めないといけない。これは私だけが言っているわけではなくて、学術的にはあらゆる方面で、p値の単純な適用で、何が正しいかを直接的に判断するのはおかしいということは常識化してきていますから。日本の統計学でもそういうことは自覚されてきていますし、統計を使っているさまざまな科学の分野でも、「考えないといけないよね」という動きにはなってきています。

石川　p値は、英語では"p-value"ですよね。私たちはp（probability＝確率）の議論ばかりしていて、本当のヴァリュー（価値）がどこにあるのか、全然議論していない。

松王　本当にそうですね。

石川　世界的に、このp値という考え方が崩れ始めてきているのは、どうしてなんですかね。

松王　いままでp値ベースで議論が進んできたけれど、その通りの再現実験ができないといったことが、学者の間で大きな問題になってきたことが一つの背景としてあると思います。特に医学系はそうですね。『ネイチャー』誌でも、p値を疑問視する特集が組まれましたし、統計学会でも盛んに問題になっている。要するに、それを実際に使ってきた弊害が出ているということですね。

石川 それに対して、尤度《ゆうど》主義はどういうふうに捉えたらいいでしょうか。

松王 尤度の捉え方は必ずしも一様ではないんですけれど、仮説に関する一つの物理的な性質と考えれば間違いではないかな、と思います。先の「ロイヤルの三つの問い」で言えば、「証拠から何が言えるか」、つまり証拠から直接言えることだけを言うのが尤度なわけですから、仮説に関して成立する、誰も疑いようのない一つの物理的な性質、という捉え方がわかりやすいんじゃないでしょうか。

†科学は真理に到達できたと言えるか

石川 『科学と証拠』は、研究者の友達みんなに薦めました。そうすると、みんな、私と同様に、目から鱗だと言うんです。ただ、なぜ研究者はこの本に衝撃を受けるんだろう、ということがちょっと不思議というか。うまく説明できなかったんです。

自分なりに考えると、統計的な推論の大本が体系的に提示されているすごさもあるんですが、もっと深いところで、「知識とは何か」とか「私たちは知識をどう認識しているのか」ということに関して、暗黙のバイアスを見破られている感じがしたんです。

松王　それはあると思いますね。この本に限ったことではないけれど、実際に統計学の根本を探っていくと、私たちが持っている真理に対する考え方がいかに漠然としているか、あるいは非常に極端な考え方をとっているかということに気づかされます。
　科学研究の目的は「真理の探求」だとよく言われますよね。じゃあ、科学は真理に到達したと言えるのか。科学哲学者だったら、「そんなことはとうてい言えないでしょう」と答えますし、科学者もたいていの人は「そこまでは言えない」と答えると思うんです。確かに真理の探求は目的ではあるけれども、そこに直接到達できる手段を私たちは持っているわけではない。そうすると、科学研究にしても日常的な思考にしてもそうですけど、真理との距離感をどう見積もればいいのかという問題が重要になってきます。この点について私たちはあまりに無自覚だと思うんですね。科学者の中にも、そのへんの自覚が少ない人はいると思います。
石川　特に、人や社会に関わる問題では、一〇〇%の真理はないじゃないですか。一方で、絶対に起きないかというと、そうでもない。
松王　ええ、そうですね。
石川　その一〇〇でも〇でもない間の中で、私たちは真理らしい説を探しているんですよね。

松王　まさにそうですね。その場合に何が重要かというと、統計的な手段だけで一〇〇%に到達できることは当然ないわけです。統計的な解析は、真理に近づくための補助具でしかないということですね。僕の尊敬する世界的な統計学者は、「科学的な真理とは、人と人との合意形成だ。それに尽きる」と言っています。結局、統計解析なんていうのは、合意形成する上での一つの手段にすぎないということですね。何か確実な方法に頼りたいということは誰しもあるわけですけれども、そんな方法はないんです。

石川　それは深いですね。証拠から「これが真実です」ということは言えなくて、合意形成に尽きる、と。いやー、それはすごいなあ。

†分野によって統計解析の目的は異なる

石川　いろんな分野の人と仕事をすると、分野ごとに、統計のなかで注目するポイントが違うんです。単純化していうと、たとえば「y=bx」という関数があったときに、コンピューターサイエンスの人は目的変数yに興味があって、yの精度を上げたい。医学の人はx（yの原因）に興味がある。経済学の人はb（要因xがyに与える効果の大きさ）ですね。

どこに興味を持つのかによってこんなに統計手法が変わるのかと、私自身もコラボしてみて初めて気づくことがあります。しかも、お互いがお互いをバカにしあっているんですよ。「あいつがわかっていない」って(笑)。

松王　それに関連して、一緒に研究をしている統計の専門家から、最近、面白い話を聞きました。その人のバックグラウンドは生態学なので、データ的には生態学が詳しい。そこで、生態学に関するデータを使って、他の分野の人に統計解析について教えようとしたら、やっぱりなかなか勘所がわかってもらえないことがあったそうです。

石川さんがおっしゃった注目の違いというのは、統計解析で何を得ようとしているかという根本の目的の違いとも関係するんですね。そういう意味では、統計学教育というのは難しい。その生態学の人は、最近流行りのデータサイエンス学部みたいなものをバカにしていて、私もその気持ちはわかります。本当にそういう一括の教育で、それぞれの分野で本当に役立つような教育ができるのかということですよね。そこはよくよく考えないといけないところだと思います。

石川　一方では、この本で議論しているような哲学的な問題は、どんな統計であっても土台になるものだと思います。他方では、先生が今おっしゃったように、学問ごとに注目しているところや目的が違う。

松王　教育の中でも、最終的に個別の科学に適応できるところまで分化していくシステムがうまくできるといいんですが。この本に書かれていることは、その土台になりうるかなとは思いますけど。

†モデルとは何か

石川　先生が最近、関心をもっているのはどのようなテーマですか。

松王　宣伝みたいで恐縮なんですが、二〇一七年『科学とモデル——シミュレーションの哲学入門』（マイケル・ワイスバーグ、名古屋大学出版会）という本を翻訳しました。「モデル」という概念は、いろんな分野で共通しているわけですよね。しかし言葉は共通しているけれども、必ずしもその使い方は共通していないかもしれない。モデルとかモデリングということについて、どれだけ科学者はわかっているんだろうと。科学哲学のなかでは、「モデル」という概念の成り立ちに関して、わりと長く議論をしてきた歴史があります。そういった議論と現代の科学を付き合わせる中で、モデルについてもう少し深い理解を得よう、というのが一つのトレンドかなと思いますね。

石川 みんながさまざまな「モデル」を作ってきたなかで、「はて、モデルとは何だ？」と。『科学とモデル』では、科学のモデルは、具象モデル、数理モデル、数値計算モデルという三つのカテゴリーに分けられると書かれています。モデルの科学哲学は、どういう議論をしようとしているんですか。

松王 いまのところ、科学者があっと驚くような結論が導かれたということはないと思うんですね。まず、モデルの分類から始めないと仕方ない。私たちは「モデル」「モデル」と、あちこちで勝手に使っているけれども、何種類ぐらいに分類するのが妥当かという問題があります。『科学とモデル』の著者であるワイスバーグの結論は、石川さんが挙げた三種類ということなんですが、そうじゃないという説もあります。

いずれにせよ、すべてはそこから始まっていかざるを得ないところはあるんですが、そのあとは、対象とモデルの間にどんな関係があるのか、というところに話が進んでいくわけです。「モデルというぐらいだから、対象とどこか似ているんだろう」と思うかもしれません。つまり類似性ですよね。しかし、モデルと対象が似ているというときの基準は何だろうかといざ問われると、なかなかはっきり答えられない。あるいは、似ている度合いは、どうやって測ったらいいのかという問題もあります。

こうしたモデル化は科学者が経験的におこなっていることがほとんどで、一般的にも、経験に基づいて直観的に判断しているところがあると思います。何かそれを測れる尺度があるのか、ないのかということが、モデルの哲学の重要な議論の一つです。

石川 それは、相当本質的な議論ですね。モデルと対象は、物理学で言うと、理論と現象みたいなものですよね。それを行ったり来たりしながら科学は発達してきたわけですけれど、あらためて今、そこから考え直そうとしているんですね。

松王 そうですね。もう当たり前のようにして私たちが考える土台として、意識もしないような形で使ってきたものですよね。しかしいざ問われると、何も答えられないというようなことだと思いますね。

石川 科学も哲学も、そういう漠然とした概念を具体的に定義する中で進んでいくということはありますよね。社会科学で今最もホットなのは、「ウェルビーイング（well-being）」という概念です。人が満足して生きるとか、幸せに生きるというのはどういうことなんだろうか。そこから始めようよ、という議論になっている。これも古今東西で考え尽くされたようでいて、意外と考えられていないんです。

松王 いつの間にか常識化してしまっているというか、思考の背景に追いやられてしまっているものが結構あります。哲学の一つの役割は——哲学者だけの役割じゃないかもしれないですが——、そういったものを丹念に一つ一つ明らかにすることにあると思いますね。

†考えることをどう考えるか

石川　「考える」ということも、まさに盲点になっているような気がするんです。「考えるとは何か」ということを、私は一度も習ったことがない（笑）。習ったことがないのに、先生たちから「ちゃんと考えてから持ってこい」とか言われたなと思って（笑）。「考えるとは何か」ということを、先生は考えられたことがありますか？

松王　ええ、ある意味では常々考えていることかもしれません。『考えることを考える』（ロバート・ノージック著）という有名な哲学書もあります（笑）。哲学は、そういう思考の基盤や方法を探ろうとすることなので、常にそういう意識で動いているということはあると思います。でも、一般にはなかなかそういう問いは立てられないし、立てたとしても、何をどういうふうに考えることを考えていけばいいのかということは、なかなかわからないかもしれませんね。

石川　科学の世界では、考えることの武器と言えるのは、デカルトの演繹とベーコンの帰納ぐらいですかね。何かを定義して演繹的に進んでいくのか、データから帰納的に何かを見るのか。四〇〇年前に開発されたものをいまだに使っているんですが、他にないのかな、と常々考えているんです。

松王　推論方法というのは、思考のアルゴリズムの問題になりますが、これは非常に難しい話です。人間がどうやって思考しているかということを、明示的に示せるかというと、基本的にはまだできていない。「考えることを考える」というのは、非常に難しい作業で。自分たちがやっていることを記述的にきっちり取り出せるかという問題があって、これはまず無理だと思うんですね。

それができるなら、人間を再現したＡＩが既にできているはずです。でも、そうはなっていません。ＡＩ研究は、一方で合理的な推論方法を探ると同時に、人間の思考方法なり、そういうメカニズムを探ることが目的としてあると思いますが、まだどちらも明確な答えは出ていないということですよね。

石川　教育に携わる人たちは、「考える力を育もう」とか言うわけじゃないですか。でも「考えるとは何か」を考えたことがある人ってどれだけいるのだろうか、と常に思うんですよね。

松王　それはおっしゃる通りです。「考える力を育む」と言う場合、おそらく二つの意味があります。一つは、いかに効率よくパターンを利用できるかという意味での「考える力」があります。もう一つは、どんな形かわからないけれども、何か創造的な結果を出せる力という意味です。でも、後者の創造的にものを考えるプロセスが何かということは、誰にもわかっていないわけです。なのに、そういったことを押し付けるのは、ものすごく無責任極まりないことだと僕は思いますね。

石川　そういう意味で、僕が哲学の人を見ていつも面白いなと思うのは、ものすごく大本から考えているところです。哲学者の本って、僕から見るとわけがわからないんですよね。そんなところから組み立て始めるのか、と。デカルトの「我思う、ゆえに我あり」じゃないですけど、疑って疑って、最後に残った「疑っている自分」がいることは間違いがない。そこから考えようとか(笑)。

松王　すごい極端ですよね。

石川　すごい極端ですよ。やっぱり人って弱いもので、流行や権威に飛びつきやすいと思うんですが、哲学はあえて大本から考える。そのためには、大本までたどり着く力が必要ですよね。それはどういう力だとお考えですか。

松王　一言で言うと、疑う力ということでしょうか。あるいは、ものをずらして見る力ですね。結局、哲学者は大本から考えようとするけれども、それできちっとした答えを導けたことはまずないわけですね（笑）。ないけれども、その哲学者を見て、ほとんどの人は「これは重要なことだ」と、問題の重要性には気づくわけです。その意味では、哲学者というのは、ずらして見ることに非常に長けた人だし、ひねくれた人たちと言えるかもしれません。「常識を疑う」ということをよく言いますけど、その力は大本から物事を考えようとするときには必ず必要です。

石川　みんながなんとなく言っている常識を疑うことはできるかもしれませんが、ほかならぬ自分が常識的に思い込んでいることに気づくのはすごく難しい。

松王　最近、クリティカル・シンキングということがよく言われます。物事を合理的に考えるための思考訓練ということですが、そのなかには、疑う訓練というのはそれほど含まれていないんじゃないかと思うんです。言ってみれば基本パターンを示して、それを上手に使っていきましょうというのがクリティカル・シンキングの重要な柱になっています。でも、一番重要なのは、今、石川さんがおっしゃったように、自分がなかなか気づけないようなところの裏側にいかにして入り込むかということなんです。

石川　その出てないところに気づけた人がすごいんですよね。

松王　そういった思考訓練をしていくときの一つの道筋として、ギリシャ時代にアリストテレスが『ニコマコス倫理学』のなかで唱えた「中庸」という考え方があります。両極端な性質を避けて、そのちょうど中間にあたるような道を選んでいく生き方が優れた生き方だ、というのが「中庸」の考え方です。

一方には、物事に対して非常に慎重で、少しでも危険だと避けようとする態度がある。他方には、自分がやりたいと思うことはリスクにかかわらずなんでもやってしまうという向こう見ずな態度もある。これが両極端な態度として考えられるときに、その間の中庸という態度が考えられます。それは思慮分別の態度と言われますが、そういった態度を選んでいくのが、最も智慧のある生き方だというのがアリストテレスの考え方です。

これは倫理的な実践知の話として言われているけれど、物事を考えるとき一般に当てはまることなのかなと思うんです。ものを深く考えようとするときに、両極端を立ててみる。それぞれの間でよりいっそう適切な考え方がないかと探ってみる。そういう思考が、もしかしたらその裏側を見ていくための道筋になるかもしれないですね。

（二〇一八年三月一九日）

おわりに 「問い続ける力」を身に付ける

さて、問いをめぐる旅も終わりに近づいている。改めて振り返ると、「○○とは何か？」と問い続けている人たちはやはりすごい。なんというか、自分の足で歩んでいるんだという確かな自信に満ちていた。その姿を見ていると、たとえ歩みは遅くとも、自分も一歩ずつ進んでいこうという気持ちが湧き上がってくる。

凡人たる私にできることは、誰でもできることを、誰もできないくらい続けることだ。しかし、人は弱く、私も例外ではない。すぐにくじけて、「では派」という楽な方へ流れてしまうことだろう。そこで必要となるのが、「問う習慣」を身に付けることだ。習慣にしてしまえば、モチベーションに頼ることなく、無意識に問い続けることができる。ということで本書が最後に扱うテーマは「習慣とは何か？」である。

†脳の三層構造が習慣形成を阻む

ある修道院の教育係は、新人の修道女が入るたびにこう尋ねるという。「なぜ私たちは祈るのでしょうか」と。この素朴な問いに新人たちは「神様に近づくため」や「気持ちが穏やかになるから」などさまざまな答えを出す。ところが、教育係はそのすべてを否定し、こう諭すという。

「私たちが祈る理由は一つしかありません。それは、祈りを告げる鐘が鳴るからです」

この逸話は「習慣とは何か」を雄弁に物語っている。つまり、鐘が鳴るなどのきっかけに対して、ある行動をした結果、癒されるなどの報酬が得られること。きっかけ→行動→報酬。この単純なループが習慣の正体である。

さて、これほどシンプルな原理にもかかわらず、新たな習慣形成は極めて難しい。なぜだろうか。その理由を見ていくためには、脳の三層構造について理解することが欠かせない（〔図1〕「脳の三層構造」を参照）。脳には理性や意志を司る大脳新皮質（新しい脳）、習慣を司る大脳基底核（古い脳）、その間に感情を司る大脳辺縁系（真ん中の脳）がある。

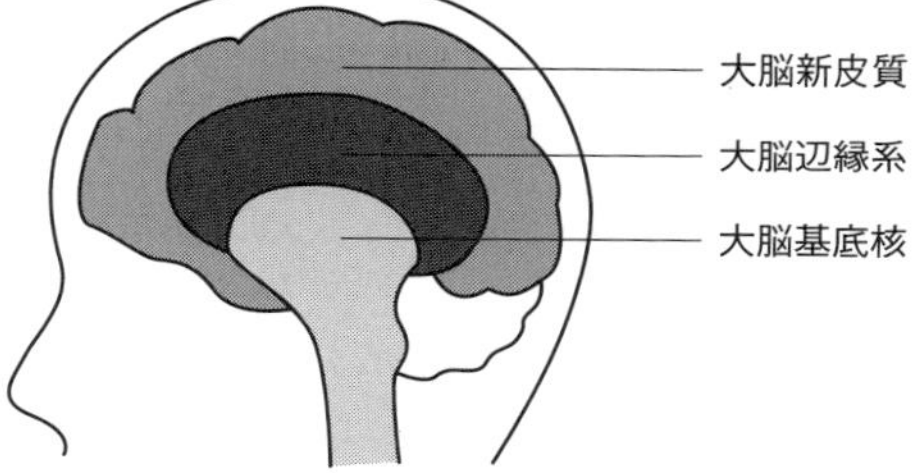

〔図1〕脳の三層構造

新しい脳は、大きな変化を好む。たとえば、ダイエットを決意する時は「五キロやせるぞ」と思っても、「白いご飯を一口だけ減らすぞ」とは思わないものである。そして新しい脳は「大きく変われ」という指令を、習慣を司る古い脳に伝えようとするのだが、それを阻むのが真ん中の脳である。なぜなら「変化＝恐怖」と判断され、指令がはじかれてしまうのだ。

では、どうすれば習慣を司る古い脳に指令を伝えられるのか。よくビジネス書などでは、何かを始める時は大きなことからせずに、「最初のハードルを下げて小さく始めるとうまくいく」などと書かれてある。これはたしかに一つの方法で、小さな変化であればそれは恐怖と見なされず、古い脳まで指令が行き届く可能性が高い。

しかし、この方法には難がある。小さな変化では、新しい脳が満足しないのだ。そこで重要となるのが「小さな問い」である。その理由については、心理学者である、カーネギーメロン大学のジョージ・ローウェンスタイン教授の研究が参考になるだろう。教授によると、好奇心が生まれるのは知識のすき間を発見した時だという。知識のすき間は、小さな問いと言い換えることができる。好奇心、知識のすき間、小さな問いには中毒作用がある。この作用をうまく利用している一例が、テレビだ。

たとえば高校野球で、全く知らない高校の勝ち負けに興味を持つ人はそれほど多くない。小さな問いが生まれないからだ。しかし、テレビでその高校が甲子園に出場するまでのストーリーを見せられると、不思議とその高校の結果が気になってくる。選手の情報や戦い方などの知識が与えられたことで、勝敗への興味に結び付く小さな問いが形成される。これが脳の三層構造から生じるジレンマを解く秘訣だ。

つまり、新たな習慣形成には、「小さな問い」という鐘を鳴らす必要があるのだ。

†継続とは、「小さな問い」と「小さな報酬」の繰り返しである

では、いかにして小さな問いを立てるのか。それを説明するために、あらためて習慣のモデル(きっかけ→行動→報酬)を振り返りたい。ここで重要となるのは、報酬の定義から始めることである。言い換えると、「勝利条件」を設定することである。

たとえば、営業パーソンなら営業成績を報酬に設定するだろうが、ここで達成したい営業成績を明確に、かつ小さく設定することが大切となる。明確でなければ、達成したか否かがわかりづらく、次につながる「小さな問い」(きっかけ)とならない。「社内で営業成績が一番になる」という報酬は大きすぎる例である。そこで、もう一度勝利条件を変更し、

「大きな報酬」を「小さな報酬」に変換することが大切となる。

たとえば「毎日、顧客の訪問件数を増やす」という小さな報酬で十分である。その場合、「訪問件数を一件増やすにはどうすればいいのか」という「小さな問い」が生まれやすい。「小さな問い」ができれば、好奇心に導かれて「行動」に至り、想定していた結果が得られること——求めていた「報酬」につながれば、また次の「小さな問い」が生まれる。このきっかけ→行動→報酬→きっかけというループが回ることで、継続と成長の習慣ができてくる。

ここで誤解がないように述べておくが、習慣には、二種類の考え方がある。一つは続けることに主眼があり、そのプロセス自体に楽しみや意味があること。もう一つは、成長のために続けることである。フロリダ州立大学のアンダース・エリクソン教授は、ジャーナリストのマルコム・グラッドウェル氏が紹介した「一万時間の法則」のもととなる研究をした人物だ。この一万時間の法則は、トップレベルの実績を上げるには一万時間の練習が必要だという理解をされている。しかし、エリクソン教授は、何でもいいからとにかく一万時間費やせば成長すると言っているわけではない。たとえば一日三〇分走ることを積み重ねて、約一万時間になったとしても、パフォーマンスの成長にはつながらない。漫然と同じことを繰り返しても、それは単なる習慣でしかなく、勝利の習慣とはいえない。大事なのは、しっかりと計画された、しっかりとした練習を一万時間やること。それは、「小さな問い」と「小さな報酬」を設計できるかどうかで違ってくる。

†内的・外的動機を使い分けることでパフォーマンスは伸び続ける

ところで「小さな報酬」はどのように定義すればよいだろうか。もう少し具体的に言えば、（金銭や昇進などの）外的動機に結び付いた報酬と、（楽しみや意味などの）内的動機に結び付いた報酬は、どのように使い分ければよいのだろうか。その疑問に答えるため、共同研究をしている元プロ陸上選手の為末大氏と私は、最近、オリンピアンやプロゲーマーなど、世界で活躍する日本人アスリートを対象にインタビュー調査を行った。アスリートの中には短命に終わってしまう選手がいる一方、トップクラスで長く活躍できる選手がいる。また限界という壁に阻まれる選手がいる一方、それを突破してさらに飛躍する選手がいる。このような違いが生まれる要因を探るのが研究テーマであった。

従来の心理学では、外的動機よりも内的動機のほうが高いパフォーマンスと関連すると報告されている。外的動機は発生の根拠が自分より環境にあるため、変化に脆いのに対し、

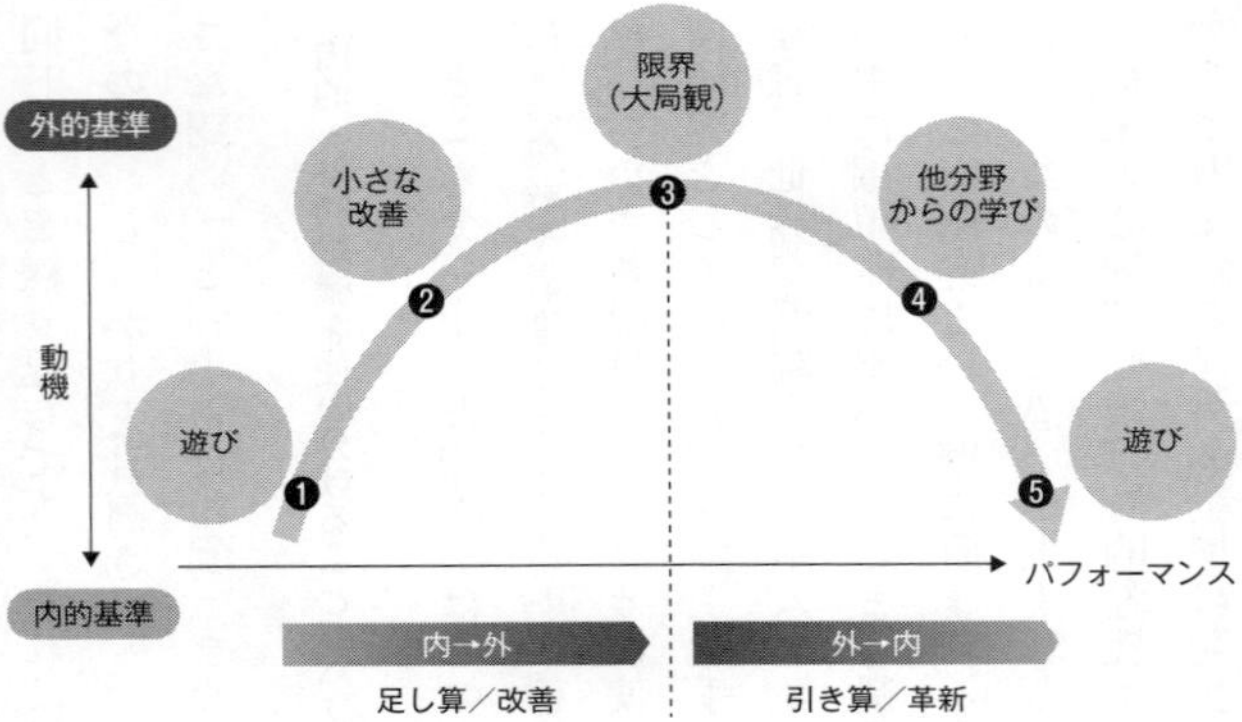

〔図２〕アスリートにおけるパフォーマンスと動機の関係

内的動機は、内なる自分の中から湧いてくるものなので、踏ん張りが利くためだ。

しかし、私たちは研究の結果、長く継続してパフォーマンスを上げようとした場合、この外的動機と内的動機を時期に応じて使い分けることが重要になる可能性を見出した。限界を突破し、長く活躍した選手に共通する動機モデルを描いたのが図２「アスリートにおけるパフォーマンスと動機の関係」である。縦軸は動機が内的な基準か外的な基準かを表しており、上に行くほど外的動機に向かっていくことを示す。一方の横軸は、右に行くほどパフォーマンスが高くなることを示している。

ほとんどのアスリートは、競技を「遊び」として始めている（❶）。つまり「楽しい」「面白い」という内的な動機で始めるのである。そこからある一定のパフォーマンスができるようになると、「プロになりたい」「メダルを取りたい」という大きな夢が芽生える。一般的に夢を大きく持つことが奨励されるが、ほぼすべてのアスリートがそのような夢を抱くため、それ自体が後のパフォーマンスを決定的に左右するとは考えにくかった。そこでトップアスリートと並のアスリートの違いを調べていくと、日々の練習における「小さな改善」の有無が重要であると示唆された。

つまり、先のきっかけ→行動→報酬モデルにおいて、「小さな問い」と「小さな報酬」を巧みに設定できるかどうかが、最終的なパフォーマンスに大きな違いを生むのだ。たとえば「オリンピック出場」という大きな報酬も、「歩幅が一センチ広がる」といった小さな報酬に分解する。さらにそれを「小さな問い」に変換して「小さな改善」を続ける（❷）ことで、継続的なパフォーマンスの向上につなげていたのだ。

そして、ここでは、一秒でも速く走るといった外的動機が大きな役割を果たすことが明らかになった。つまり、始める時は内的動機だったとしても、次第に外的動機に切り替え、その基準を上げていくことでパフォーマンスを向上させていた。

しかし、小さな改善を積み重ねていくと、ある時点で成長の限界が来る。アスリートは、これ以上何をやっても成長しない限界をみずから感じ取ることがある。図2の❸がその状態だが、この状態はもはや小さな改善をやり尽くした状況と言える。

為末氏は、世界で銅メダルを取るところまではイメージできたが、さらに上のメダルを取る自分はどうしてもイメージできなかったという。あらゆる方法を試しても、もはや改善の連続ではパフォーマンスが向上しないレベルに到達していた。ここで、トップアスリートと呼ばれる人は、さらにパフォーマンスを上げるために他分野からの学びを取り入れていた（❹）。

たとえば為末氏は、歴史家ヨハン・ホイジンガの著書『ホモ・ルーデンス』（遊ぶ人）から影響を受け、「遊ぶように走る感覚とは何か」という内的動機に基づく問いを立てることで、目標からの逆算では到達しえない境地へとみずからを革新していった。

このような他分野からの学びは、あらためて大局的に自身を振り返る契機となり、各自の競技における本質の再発見につながる。最終的には、複雑に積み重ねてきたものがシンプルに削ぎ落とされ、競技を始めた頃の「遊ぶ」（❺）感覚へと回帰していく。

†頂は峠にすぎない

ここまでアスリートについての研究をベースに話してきたが、これは人生についても同じことが言えるかもしれない。私たちはえてして大きな報酬を狙いがちだが、実際に高いパフォーマンスを上げ続けている人は、小さな報酬に分解するのが上手な可能性がある。たとえば、これから行うことに対しても、何となく始めるのではなく、事前に「小さな報酬」や「小さな問い」を適切に設定することで、きっかけ→行動→報酬の習慣ループを回し続けているのではないだろうか。

そうは言っても「毎日の単調な生活に対してそこまでやってられない」という意見もあるだろう。だが、事情はアスリートも同じである。どんな当たり前のことに対しても、小さな問いを抱き、習慣ループを回し続けた選手だけが世界の頂に到達できるのだ。

たとえば、日本の陸上界でレジェンドと呼ばれ、やり投げで三〇年近く日本記録を保持する溝口和洋氏は、小さな問いを立てる名人である。やり投げはやりを片手に前向きに走り、その勢いを利用してやりを遠くまで投げる競技だが、なんと溝口氏は、「前向きに走って勢いをつける」という動作すら疑ったという。前向きで走ったほうが後ろ向きで走るよりも速いと誰が決めたのか。それを確認するために、しばらくの間、後ろ向きで走ったという。結論としては、前向きで走ったほうが速いと心から納得したようだ。だから何だと思うかもしれないが、前を向いて走っていることに確信を持てているのは溝口さんだけだ。

この逸話は、「トップアスリートが立てる小さな問い」がここまできめ細かいことを象徴的に示している。

それにしてもなぜ溝口氏は、このような問いを立てることができたのだろうか。おそらくそれは、どれほど正しいと見なされていることでも、そこはけっして山の頂などではなく、次の山に向かうための単なる峠にすぎないと考えているからだろう。「峠」という字は漢字ではなく国字であり、「山」偏に「上下」と書く。つまり一つの頂点に達しても、また次なる目指すべきものがあれば、下っていくことを意味している。トップアスリートは「ずっと目指してきた山を登ってみたら、さらに高い山が見えた」と話すことがある。

たとえば、プロ格闘ゲーマーである梅原大吾氏は、「最も長く賞金を稼いでいるプロゲーマー」としてギネス記録を保持する達人だ。梅原氏の際立った特徴は、みずから見つけた勝ちパターンに固執せず、あっさり捨て去り、「さらによいやり方はないか」と試し続けている点だ。そのため、短期的に勝率が落ちることはあるものの、このみずからの勝ちパターンを更新し続ける姿勢が、圧倒的な強さを生み出しているのだ。

†根性論からの脱却

昔のスポーツ選手は、長い間、一生懸命頑張って、たくさん競争すれば強くなると単純に考えていたようだ。しかし、その方法では怪我人が続出したり、燃え尽きてしまう選手が後を絶たなかった。

一か八かで世界記録を狙うのであれば、不屈の意志力に頼った短期的な方法でも成果が出るかもしれない。しかし、長期間にわたって高いパフォーマンスを出し続けるのがトップアスリートの証である。根性論に頼らない方法を見つけることが、スポーツ心理学における長年のテーマとなってきた。

そのような意味で私たちの研究は、継続的なパフォーマンス向上に関して、一つの新たな知見を提供すると考えている。それは報酬の源泉として、内的動機と外的動機を時期に応じて使い分けることの重要性である。最初は内的動機で始めたとしても、それを外的動機に転化しながら小さな改善を重ね、一定の限界を感じたところで内的な動機に向き合い、他分野から学びを得ながら革新へと向かうプロセスである。

この一連のプロセスにおいて重要になるのは、がむしゃらな意志力ではなく、不断の試行錯誤にほかならない。みずから小さな問いを立て、行動し、それを小さな報酬に結び付けながら変化し続けることだ。

たしかに、こうすればパフォーマンスは高まるという過去からの蓄積は存在する。しかし、それが本当に自分に合っているのか、一度は疑ってみることが重要だ。それを飽くことなく続けられた人が、限界を突破し、新しい革新のフェーズに入り、パフォーマンスの向上を続けることができる。一見それは非効率に見えても、言われた通りに実行してきた人と、自分で考えて実行してきた人とでは、限界に到達した後の伸びが違う。実際、コーチや監督の言うことを聞かない選手ほど、結果的に長く活躍するという事例がスポーツの世界ではよく報告される。

小さな問いを立て、試行錯誤を続けることこそ、継続の意味であり、力となる。

＊　＊　＊

この本は、Webちくま「考える達人」での連載と、『WIRED』に掲載した文章を基に再構成した。お忙しい中対談していただいたみなさんに改めて感謝したい。斎藤哲也さんには、ほぼすべての対談に同席してもらい、本のコンセプトから考えていただいた。ありがとうございました。

二〇一九年早春　　石川　善樹